가천대학교 아시아문화연구소 아시아교양총서

바람이 분다 외

가천대학교 아시아문화연구소 아시아교양총서 ❽

바람이 분다 외

초판인쇄   2021년 12월 15일
초판발행   2021년 12월 29일

지은이   호리 다쓰오
옮긴이   박진수
기 획   가천대학교 아시아문화연구소
펴낸이   이대현
편 집   이태곤 권분옥 문선희 임애정 강윤경
디자인   안혜진 최선주 이경진
마케팅   박태훈 안현진
펴낸곳   도서출판 역락
주 소   서울시 서초구 동광로 46길 6-6 문창빌딩 2층
전 화   02-3409-2060(편집), 2058(마케팅)
팩 스   02-3409-2059
등 록   1999년 4월 19일 제303-2002-000014호
전자우편   youkrack@hanmail.net
홈페이지   www.youkrackbooks.com

ISBN   979-11-6742-288-0 04830
        979-11-6244-468-9 04830 (세트)

* 책값은 뒤표지에 있습니다.
* 파본은 구입처에서 교환해 드립니다.

이 번역서는 2021년도 가천대학교 교내연구비 지원에 의한 결과임. (GCU-202102570001)

바람이
분다 외

호리 다쓰오 지음
박진수 옮김

8

역락

차례

루벤스의 위작   9

성 가족   29

불타는 뺨   58

밀짚모자   72
에필로그   95

바람이 분다   98
서곡   98
봄   103
바람이 분다   116
겨울   150
죽음의 그림자 계곡   171

옮긴이의 말   189

일러두기

1. 저본으로는 堀辰雄, 『日本文学全集50 堀辰雄集』, 集英社, 1966. 을 사용했다.

2. 본문 중 비속어 등 부적절한 표현이 있을 수 있으나 원문 텍스트의 역사성을 존중하여 상응하는 한국어를 그대로 사용했다는 점을 양해바란다.

바람이 분다 외

루벤스의 위작

칠흑같이 새까만 자동차였다.

그 자동차가 가루이자와(軽井沢) 역 출입구까지 와 멈춰서자 안에서 독일인으로 보이는 아가씨 한 명이 내렸다.

그는 그 차가 너무 아름다워서 택시일 리 없다고 생각했다. 하지만 그는 아가씨가 내릴 때 뭔가 운전사에게 슬쩍 건네는 걸 봤기 때문에 노란 모자를 쓴 아가씨를 스쳐 가며 자동차 쪽으로 걸어갔다.

"시내로 가 주세요."

자동차를 탔다. 안으로 들어가자 새하얀 내부에는 희미한 장미 향기가 감돌고 있었다. 그는 방금 그냥 지나쳐버린 노란 모자 아가씨를 떠올렸다. 자동차가 크게 모퉁이를 돌았다.

그는 호기심이 발동해서 차내를 둘러보았다. 그리고 그는 가볍게 흔들리는 바닥 위에 흩뿌려진 신선한 침 흔적을 찾아냈다. 뜻밖의 발견이었지만 묘하게 거친 쾌감이 그를 자극했다. 눈을 감은 그에게는 그것이 흩뿌려진 꽃잎처럼 보였다.

잠시 후 다시 그는 눈을 떴다. 운전사의 등이 보였다. 그리고 그는 투명한 차창에 얼굴을 갖다 대었다. 창밖에는 완연히 이삭을 드러낸 억새 들판이 보였다. 마침 자동차 한 대가 스쳐 지나갔다. 이미 이 고원을 떠나는 사람들 같았다.

시내로 들어가는 길목에 큰 밤나무 한그루가 있었다.

그는 그곳에서 자동차를 세웠다.

*

자동차는 시내에서 조금 떨어진 호텔 쪽으로 그의 트렁크만 실은 채 달려갔다.

그는 자동차가 일으킨 먼지가 조금씩 사라져가는 것을 보다가 천천히 혼마치(本町) 길로 들어섰다.

혼마치 길은 그가 생각한 것보다 적막했다. 그곳은 완전히 몰라볼 정도였다. 그건 그가 매년 성수기에만 이 피서지에 왔기 때문이다.

하지만 그는 곧바로 눈에 익은 우체국을 발견했다.

그 우체국 앞에는 각양각색의 복장을 한 서양 부인들이 모여 있었다.

멀리서 걸어가며 쳐다보는 그에게는 그 모습이 마치 무지개처럼 보였다.

그러면서 작년의 갖가지 추억이 그의 안에 되살아났다. 이윽고 그녀들의 수다가 그에게 손에 잡힐 듯 가깝게 들려왔다. 그녀들의 옆을 스치며 마치 작은 새가 지저귀는 나무 아래를 지나쳐 가는 듯한 감동이 느껴졌다.

그때 그는 우연히 소녀 한 명이 맞은 편 모퉁이를 돌아가는 것을 보았다.

'혹시 그녀가 아닐까?'

그렇게 생각하고 그는 한달음에 그 모퉁이까지 갔다. 그곳에는 서양인들이 '거인의 의자'라고 부르는 언덕으로 통하는 작은 샛길이 있었고, 그 샛길을 방금 본 소녀가 걸어가고 있었다. 생각보다 멀리 가지 못했다.

그리고 틀림없이 그녀였다.

그도 호텔과는 반대 방향으로 난 그 샛길을 향해 모퉁이를 돌았다. 그 샛길에는 그녀밖에 없었다. 그는 그녀에게 말을 걸려고 하면서도 왠지 망설여졌다. 그러자 그는 갑자기 이상한 기분이 들기 시작했다. 자신이 공기 속에서 모든 걸 물속에 있는 사람처럼 느끼는 것이다. 정말이지 걷기 힘들다. 엉겁결에 물고기 같은 걸 짓밟았다. 그의 조개껍데기 같은 귀를 스치듯 지나가는 작은 물고기도 있고 자전거와 비슷한 것도 있다. 또 개 짖는 소리나 닭 울음소리가 저 멀리 물 표면에서 들리는 듯하다. 그리고 나뭇잎이 맞닿아 스치는 소리인지, 물이 서로 핥아대는 소리인지 그런 희미한 소리가 끊임없이 머리 위에서 들려왔다.

그는 이제 그녀에게 말을 걸어야 한다고 생각한다. 하지만 그렇게 생각만 할 뿐 그는 자신의 입이 코르크 마개로 닫혀 있는 것 같다고 느낀다. 점점 머리 위에서 바스락거리는 소리가 심해진다. 문득 그는 저편에서 낯익은 적갈색 방갈로를 본다.

그 방갈로 주변에 푸른 숲이 있는데 그 속으로 그녀가 자취를 감추고 있다…….

그것을 보자 갑자기 의식이 또렷해졌다. 그는 그녀 뒤를 따라 곧바로 그녀 집을 방문하는 것이 모양새가 좋지 않다고 생각했다. 어쩔 수 없이 그는 그 샛길을 왔다 갔다 했다. 운 좋게도 길에는 아무도 다니지 않았다. 그리고 이윽고 '거인의 의자' 기슭에서 사람 발소리가 들리자, 그는 무의식중에 샛길 옆 풀숲에 몸을 감추었다. 그는 그 은신처에서 서양인 한 명이 성큼성큼 활기차게 걸어가는 것을 지켜보았다.

그녀는 아직 정원 안에 있었다. 방금 그녀는 자신이 돌아봤을 때 그가 자기 뒤를 쫓아오는 걸 보았다. 하지만 그녀는 멈춰서 그를 기다리려고 하지 않았다. 그런다는 것이 왠지 부끄러웠다. 그리고 그녀는 그의 눈이 멀리서 근지럽게 계속 자신의 등을 쳐다보고 있다는 사실에 견딜 수 없었다. 그녀는 그 등에서 나뭇잎 그림자와 양지가 아름답게 뒤섞이며 끊임없이 변하고 있는 모습을 상상했다.

그녀는 정원 안에서 그를 기다리고 있었다. 하지만 그는 좀처럼 들어오려고 하지 않았다. 그가 뭘 망설이고 있는지 알 것만 같은 기분이 들었다. 몇 분 후 간신히 문에 들어서는 그를 보았다.

그는 너무나 기세 좋게 모자를 벗었다. 그 모습에 그녀도 사랑스럽고 장난기 어린 미소를 지을 정도였다. 그리고 그녀는 그와 이야기를 시작하자마자 그가 육체를 회복한 모든 다른 이들처럼 묘하게 신선한 감수성을 갖고 있다는 것을 놓치지 않았다.

"건강은 이제 괜찮아요?"

"예, 완전히 나았어요."

그는 그렇게 답하며 그녀 얼굴을 눈부신 듯 바라보았다.

그녀의 얼굴은 고전미를 갖고 있었다. 그 장밋빛 피부는 조금 중후하다는 느낌이 있었다. 웃을 때는 그저 입가에 미소가 감도는 듯했다. 그는 늘 남몰래 그녀를 '루벤스의 위작'이라고 불렀다.

눈부시듯 그녀를 바라보며 그는 그녀가 정말 신선하다고 느꼈다. 지금까지 느낀 적 없는 감정이 일렁이는 듯했다. 그리고 그는 그녀의 치아만을, 허리만을 보았다. 그러는 동안에 그는 자신의 병에 관해서는 조금도 이야기하려 하지 않았다. 그런 현실의 번잡한 일을 떠올리는 것은 아무 가치도 없다고 생각하고 있었다. 대신 그는 새하얀 쿠션이 놓인 검은 자동차 안에 노란 모자를 쓴 아가씨가 타고 있었던 게 서양 소설에 나오는 모습처럼 아름다웠다고 신이 나서 떠들었다. 그리고 그 아가씨의 향기가 가시지 않은 아름다운 자동차를 타고 왔다고 유쾌한 듯 말했다.

그러나 그는 그 자동차 안에 떨어진 침에 관해서는 이야기하지 않았다. 그러는 편이 낫다고 생각한 것이다. 그 말을 안 해야 그 침이 꽃잎처럼 느껴졌던 그때의 쾌감이 어쩐지 선명하게 언제까지나 그의 안에 남아 있을 것만 같은 기분이 드는 거다. 그 말은 할 수 없다. 그때부터 그는 말을 더듬었던 것 같다. 그렇게 그는 말이 어설퍼졌다. 한편 그런 그를 그녀는 어찌해야 좋을지 몰랐다. 그래서 어쩔 수 없이 그녀가 말했다.

"집으로 안 들어갈래요?"

"그래요."

두 사람은 정원에 더 있고 싶었다. 하지만 방금 한 말이 이상하게 되어갈 듯해서 두 사람은 어렵사리 집으로 들어가려고 한 것이다.

그때 두 사람은 그녀의 어머니가 발코니 위에서 마치 천사처럼 그들 쪽을 내려다보고 있다는 걸 알아차렸다. 둘은 무심결에 얼굴을 붉히면서 그 모습을 눈부신 듯 올려다보았다.

*

다음 날 그녀들은 내게 드라이브하지 않겠냐고 물었다.

자동차는 여름 끝자락에 쓸쓸한 고원 속을 기분 좋은 소리를 내며 달려갔다.

세 사람은 자동차 안에서는 거의 아무 말도 하지 않고 있었다. 하지만 풍경이 달라지고 셋 다 거의 비슷한 쾌적함을 느끼고 있었기 때문에 그건 기분 좋은 침묵이었다. 이따금 희미한 목소리가 그 침묵을 깼다. 하지만 곧바로 다시 원래의 깊은 침묵 속에 빠져, 아무 말도 없었던 게 아닌가 생각될 정도였다.

"어머, 저 작은 구름……(부인의 손가락을 쭉 따라가 보니 한 붉은 지붕 위에 마침 조가비 같은 구름이 떠 있었다), 너무 귀엽지 않아?”

그리고 그 후에는 아사마산(浅間山) 기슭의 그린 호텔에 도착할 때까지 부인의 팽팽한 손가락과 그녀의 몽실몽실한 손가락을 번갈아 보고 있었다. 침묵이 그에게 그것을 허락했다.

호텔은 텅 비어 있었다. 이미 손님이 다 빠져나가 오늘쯤 문을 닫으려고 했다고 호텔 보이가 말했다.

발코니로 나간 그들은 계절이 지난 뒤의 이루 말할 데 없는 황폐함을 눈앞 풍경에서 느끼지 않을 수 없었다. 그저 아사마 산기슭만이 반짝반짝 빛나는 비탈길을 매끄럽게 그리고 있었다.

발코니 아래에 평탄한 지붕이 있어서, 낮은 난간을 넘어가면 곧 그 지붕 위로 나갈 수 있을 것 같았다. 너무 평탄한 지붕과 낮은 난간을 보자 그녀가 말했다.

“저 위를 좀 걸어보고 싶네.”

부인은 그와 함께 내려가 보면 되지 않겠냐고 말했다. 그 말을 듣자 그는 훌쩍 지붕 위로 나갔다. 그녀도 웃으며 그를 따라갔다. 그리고 둘이서 지붕 꼭대기까지 걸어갔을 때 그는 좀 불안해지기 시작했다. 그것은 지붕의 약간 기울어진 경사면에서 몸이 기우뚱하는 것을 미묘하게 느낀 탓만은 아니었다.

그 지붕 끝에서 그는 무심코 그녀의 손과 그 손에 끼워진 반지를 본 것이다. 그리고 그녀가 아무 짓도 안 했는데 미끄러질 것만 같은 흉내를 내며 반지가 그의 손가락을 아프게 할 만큼 그의 손을 꼭 잡을지도 모른다는 상상을 했다. 그러자 그는 이상하게 불안해졌다. 그리고 갑자기 지붕의 완만한 경사를 예민하게 생각하기 시작했다.

"이제 갈까요?"

그렇게 그녀가 말했을 때 그는 엉겁결에 안도의 한숨을 쉬었다. 그녀는 먼저 혼자 발코니로 올라가 버렸다. 그도 그 뒤를 따라 올라가려고 하는데 발코니에서의 부인과 그녀의 대화가 들렸다.

"뭔가 보여?"

"예, 우리 운전사가 밑에서 그네 타는 걸 봤어요."

"그것뿐이었어?"

접시와 스푼 소리가 들렸다. 그는 홀로 얼굴을 붉히며 발코니로 올라갔다.

그는 부인의 "그것뿐이었어?"라는 말을 차 마실 때나, 집에 돌아가는 자동차 안에서 계속해서 떠올렸다. 그 목소리에는 부인의 천진난만한 웃음이 들어 있는 듯도 했다. 또 상냥한 야유 같기도 했다. 그리고 또 아무 일도 아닌 것 같기도 했다…….

*

다음 날, 그가 그녀들의 집을 방문하자 두 사람 모두 다른 집 차 마시는 데 초대받아 부재중이었다.

그는 혼자 '거인의 의자'에 올라가 보려고 했다. 하지만 곧바로 그것도 시시해져서 시내로 돌아왔다. 그리고 혼마치 길을 어슬렁거리고 있었다. 그때 그는 앞에서 낯익은 아가씨 한 명이 걸어오는 것을 알아차렸다. 그것은 매년 이 피서지에 오는 한 남작의 따님이었다.

작년에도 그는 종종 언덕길과 숲속에서 말을 타는 이 아가씨와 마주쳤다. 그럴 때 늘 그녀 주변에는 대여섯 명의 혼혈로 보이는 청년들이 함께 말이나 자전거 등을 타며 따라붙어 있었다.

그도 이 아가씨를 문신한 나비처럼 아름답다고 생각하고 있었다. 하지만 그것뿐, 그는 물론 이 아가씨를 그리 마음에 두고 있지 않았다. 그래도 그녀를 에워싸고 있는 그 혼혈 청년들은 왠지 불쾌했다. 그게 가벼운 질투 같은 것인지도 모르겠지만, 그만큼의 관심을 그도 이 아가씨에게 갖고 있었던 것이라 봐도 좋을 것이다.

그래서 그는 별생각 없이 그 아가씨 뒤를 걷고 있었는데, 그러던 중 맞은편에서 띄엄띄엄 걸어오는 사람들 가운데 한 청년과 마주쳤다. 그는 작년 여름 그녀 옆에 달라붙어 테니스나 댄스 상대를 하던 혼혈 청년이었다. 그는 청년을 보자 얼굴을 약간 찌푸리면서 가능한 한 빨리 이 자리를 뜨려고 생각했다. 그때 그는 생각지도 못한 것을 목격했다. 그 아가씨와 청년은 서로 조금도 신경 쓰지 않는 척 그대로 스쳐 지나가 버렸기 때문이다. 다만 그 지나치는 순간 질 나쁜 유리에 비치는 것처럼 청년의 얼굴이 일그러졌다. 그리고 슬쩍 아가씨 쪽을 돌아보았다. 그 얼굴에는 몹시 쓸쓸한 표정이 새겨져 있었다.

이 에피소드는 그를 묘하게 감동하게 했다. 그는 그 심술궂어 보이는 아가씨에게 일종의 묘한 매력 같은 것을 느꼈다. 물론 그는 그 혼혈아 쪽으로는 조금도 동정하고 싶은 마음이 일지 않았다.

그날 밤은 침대에 누워서도 몇 번이나 같은 데로 날아오는 한 마리 나방처럼 그 아가씨 모습이 자꾸만 그의 감은 눈 속에 왔다 갔다 했다. 그는 그 모습을 떨쳐내고자 '루벤스의 위작'을 떠올리려고 했다. 하지만 그녀의 모습에 비하면 그 그림은 마치 변색 되어 버린 낡은 복제품으로밖에 보이지 않았고, 그의 노력이 한층 더 그를 괴롭혔다.

*

하지만 다음 날 아침이 되니 그 묘한 매력은 한밤의 나방처럼 이미 어딘가로 자취를 감춰버렸다. 그리고 왠지 그는 기분이 상쾌해졌다.

오전 중에 그는 오랫동안 산책했다. 그리고 어떤 산장 안에서 차가운 우유를 마시면서 잠시 쉬기로 했다. 그는 이렇게 상쾌한 기분이라면 부인들에게 어제 있었던 에피소드를 털어놓아도 조금도 거리낄게 없겠다고 생각할 정도였다.

그곳은 시내에서 조금 떨어진 작은 낙엽송 숲속이었다.

목제 테이블에 턱을 괴고 있는 그의 머리 위에서는 앵무새 한 마리가 사람 목소리를 흉내 내고 있었다.

하지만 그는 그 앵무새 말을 들으려 하지 않았다. 그는 열심히 그의 '루벤스의 위작'을 허공에 그리고 있었다. 그 그림이 여느 때와 달리 생생한 색채를 띠고 있어 기분이 좋았다…….

그 순간 그는 그가 있는 곳에서는 나뭇가지에 가려 잘 안 보이는 샛길 위를 자전거 두 대가 달려와 산장 앞에 멈추는 소리를 들었다. 그리고 아직 그 모습은 보이지 않았지만 젊은 아가씨 특유의 투명한 목소리가 들려왔다.

"뭐 마시고 가지 않을래?"

그는 그 목소리를 듣자 깜짝 놀랐다.

"또? 이번이 세 번째야."

젊은 남자 목소리가 대답했다.

그는 왠지 불안한 듯 산장 안에 들어오는 두 사람을 바라보았다. 뜻밖에도 그건 어제 본 아가씨였다. 그리고 그가 처음 보는 기품있는 얼굴을 한 청년이었다.

그 청년은 그를 힐끗 보자 그한테서 가장 떨어진 테이블에 앉으려고 했다. 그러자 아가씨가 말했다.

"앵무새 옆이 좋아."

그리고 두 사람은 그가 있는 곳 바로 옆 테이블에 앉았다.

아가씨는 그에게 등을 돌리고 앉았지만, 그는 어쩐지 일부러 그녀가 그렇게 앉았다고 생각되었다. 앵무새는 한층 더 시끄럽게 사람 흉내를 내기 시작했다. 그녀는 때때로 그 앵무새를 보기 위해 등을 움직였다. 그때마다 그는 그녀의 등에서 눈을 돌렸다.

아가씨는 청년과 앵무새를 번갈아 상대하며 끊임없이 재잘거리고 있었다. 그 목소리는 어떨 때는 '루벤스의 위작' 목소리와 똑같아졌다. 방금 이 아가씨의 목소리를 듣고 그가 깜짝 놀란 것은 그 때문이었다.

아가씨를 상대하고 있는 청년은 그 얼굴 생김새뿐 아니라 전체적으로 흐르는 기품있는 모습이 작년 혼혈 청년들과는 꽤 차이가 있었다. 모든 것이 아주 점잖고 귀족적이었다. 그 둘을 비교하고 있자니 왠지 투르게네프 소설에서 받은 느낌마저 들 정도였다. 요즈음 이 아가씨는 겨우 그녀의 신분을 자각하기 시작한 건지도 모른다. 기분 좋게 그런 공상에 빠져 있다가 그는 자신마저 자칫 그 소설 속에 빨려 들어갈 것 같아 불안해졌다.

그는 좀 더 여기에 있을지 아니면 나가 버릴지 잠시 주저하고 있었다. 앵무새는 여전히 사람 목소리를 흉내 내고 있었다. 그 소리를 아무리 들어도 그는 그 말을 전혀 알아들을 수 없었다. 오히려 그 소리가 그에게는 왠지 자기 마음속 혼란을 암시하고 있는 것 같았다.

그는 갑자기 일어서서 어색한 발걸음으로 산장을 나갔다.

산장 밖에 나오자 자전거 두 대의 핸들과 핸들이 팔과 팔처럼 뒤엉켜 기묘한 형태로 풀밭 위에 쓰러져있는 것을 보았다.

그때 그의 등 뒤에서 아가씨의 목청 높게 웃는 소리가 들려왔다.

그는 그 소리를 들으며 갑자기 몸속에서 듣기 거북한 음악 같은 것이 흘러넘치는 것을 느꼈다.

듣기 거북한 음악. 확실히 그렇다. 그의 머리 나쁜 수호천사가 때때로 고약한 음색의 악기 연주를 하는 게 틀림없다.

그는 자신의 천사가 얼마나 머리가 나쁜지 아연실색했다. 천사는 그에게 한 번도 정확하게 가루타 패를 분배해 준 적도 없었다.

어느 날 밤의 일이었다.

그는 그녀의 집에서 그가 묵고 있는 호텔까지 나 있는 캄캄한 오솔길을 왠지 정체 모를 공허한 기분에 힘들어하며 걷고 있었다.

그때 전방의 어둠 속에서 한 쌍의 서양 젊은이들이 가까이 오는 것을 보았다.

남자 쪽은 회중전등으로 발 주변을 비추고 있었다. 그리고 때때로 그 전등 빛을 여자 얼굴 위로 가져갔다. 그러자 그 훤히 빛나는 작은 원 속에 젊은 여자의 얼굴이 눈이 부시듯 떠올랐다.

그가 그 모습을 보기 위해서는 그녀가 그보다 훨씬 키가 컸기 때문에 거의 올려다보지 않으면 안 되었다. 그런 자세로 보니 젊은 여자의 얼굴이 몹시 성스럽게 느껴졌다.

잠시 후 남자는 다시 회중전등을 캄캄한 발 언저리로 떨어뜨렸다.

그는 그들과 스쳐 지나가며 그들의 팔과 팔이 머리글자처럼 얽혀 있다는 것을 알아차렸다. 그리고 그는 어둠 속에 혼자 남겨져 왠지 기분 나쁠 정도로 흥분하기 시작했다. 그는 죽고 싶다는 생각마저 들었다.

그런 기분은 듣기 거북한 음악을 들은 후의 감동과 아주 닮아 있었다.

그런 음악적인 이상한 흥분을 계속 떨쳐버리려고 그는 그날 아침도 주변을 닥치는 대로 걸어 다녔다. 그러던 중 낯선 한 오솔길로 나오게 되었다.

　그 근처는 한 번도 온 적이 없는 탓에 시내에서 아주 멀리 떨어져 나온 것처럼 생각되었다.

　그때 그는 문득 누군가 자신의 이름을 부르는 듯한 느낌이 들었다. 주변을 돌아보았지만 그럴만한 사람이 보이지 않았다. 이상하네 하고 생각하고 있는데 또 그의 이름을 부르는 소리가 들린다. 이번에는 좀 더 확실히 들렸기 때문에 그 소리가 들리는 방향으로 돌아보자 그곳에는 그가 있는 오솔길로부터 석 자 정도 높이 솟아오른 풀숲이 있었고, 그 저편에 남자 한 명이 캔버스를 마주 보고 있는 것이 보였다. 남자의 얼굴을 보고 친구 한 명을 떠올렸다.

　그는 간신히 위로 기어 올라가 그 친구 옆으로 다가갔다. 하지만 친구는 그에게 별다른 말을 걸지 않고 그 자세로 열심히 캔버스를 마주 보고 있었다. 그도 말을 건네지 않는 편이 좋을 것 같았다. 그래서 그곳에 앉은 채 묵묵히 그가 그리기 시작한 그림을 지켜보고 있었다. 때때로 그 그림의 모티브가 된 풍경을 주변에서 찾기도 했다. 하지만 그럴만한 풍경을 전혀 맞출 수 없었다. 아무튼 그 화폭 위에는 단지 다양한 색의 물고기나 작은 새, 꽃 같은 것이 뒤섞여 있을 뿐이었다.

　그는 잠시 그 기묘한 그림에 빠져 있다가 얼마 지나지 않아 슬그머니 일어섰다. 그러자 친구는 일어서는 그를 올려다보며 말했다.

　"어때? 괜찮지 않아? 난 오늘 도쿄로 돌아갈 거야."

　"오늘 돌아간다고?　아니, 아직 그 그림 완성 안 되었잖아?"

　"그렇지. 그래도 난 이제 돌아가야 해."

"왜?"

친구는 그 말에 답하는 대신 다시 자신의 그림으로 시선을 떨구었다. 잠시 그 그림의 한 곳에 그의 시선이 강하게 빨려 들어가는 것 같았다.

*

혼자 먼저 호텔로 돌아온 그는 점심을 함께 먹자고 약속한 방금 그 친구를 객실에서 기다리고 있었다.

그는 객실 창문에서 얼굴을 내밀고 안뜰에 피어 있는 해바라기꽃을 멍하니 바라보고 있었다. 꽃의 키는 서양인보다 더 높이 솟아 있었다.

호텔 안 테니스 코트에서는 마치 샴페인을 터뜨리는 듯한 라켓 소리가 유쾌하게 들려왔다.

그는 갑자기 일어섰다. 그리고 다시 창가 탁자 앞에 앉았다. 그리고 펜을 집어 들었다. 하지만 그 위에는 마침 종이가 한 장도 없다. 그는 그곳에 비치된 커다란 흡묵지 위에 잉크가 번지는 대로 비뚤비뚤한 글자를 써 내려갔다.

호텔은 앵무새
앵무새 귀에서 줄리엣이 얼굴을 내민다
하지만 로미오는 없다

로미오는 테니스를 치고 있겠지

앵무새가 입을 열면

검둥이가 훤히 보였다

그는 다시 한번 그걸 읽으려고 했지만, 잉크가 완전히 번져서 뭘 썼는지 전혀 알 수 없게 되어버렸다.

하지만 약속 시간보다도 조금 늦게 온 친구가 힐끗 그 종이를 들여다보았을 때는 역시 그 종이를 뒤집어놓을 수밖에 없었다.

"뭘 숨기는데?"

"아무것도 아니야."

"다 알아."

"뭘 알아?"

"그저께 좋은 구경 했다니까."

"그제? 아, 그거 말이야?"

"그러니까 오늘은 네가 한턱 내는 거야."

"네가 생각하는 그런 게 아니야."

그건 그저 아사마 산기슭까지 그녀들과 자동차로 동행을 했을 뿐이다. '단지 그것뿐'이었다. 그는 다시 그때의 부인 말을 떠올렸다. 그리고 혼자 얼굴을 붉혔다.

그리고 그들은 식당에 들어갔다. 그걸 기회로 그는 화제를 바꾸려고 했다.

"그런데 네 그림은 어쩔 거야?"

"내 그림? 그건 그대로야."

"아깝지 않아?"

"어쩔 도리가 없어. 여기는 풍경은 최상이지만 그리기가 힘들어. 작년에도 그리러 왔지만 안됐어. 공기가 너무 좋거든. 아무리 나뭇잎이 멀리 있어도 한 장 한 장이 너무 잘 보여. 그걸 그리려니 그릴 수가 있어야 말이지."

"흠, 그런 거였구나……."

그는 수프를 숟가락으로 뜨다가 문득 손을 멈추고 자신에 대해서 생각했다. 어쩌면 그와 그녀의 관계가 전혀 생각대로 움직이지 않는 이유 중 하나는 이곳 공기가 너무 맑아서 아무리 작은 심리 상태라도 서로에게 확실히 보이기 때문인지도 모른다. 그는 그렇게 믿어버리려고조차 했다.

그리고 생각했다. 막 그리기 시작한 풍경화를 들고 도쿄로 돌아가려는 이 친구와 마찬가지로 며칠 후면 나도 아마 그리다 만 자신의 '루벤스의 위작'을 들고 또 여기를 떠날 수밖에 없는 게 아닐까?

오후가 되자 그는 그 친구를 시내 외곽까지 배웅하고 혼자서 그녀의 집을 방문했다.

마침 둘이서 차를 마시는 중이었다. 그를 보자 부인은 갑자기 생각난 듯이 그녀에게 말했다.

"그 유모차를 타고 있는 사진 보여주지 않을래?"

그녀는 웃으며 사진을 가지러 옆 방으로 들어갔다. 그동안 그의 눈

속에는 그녀의 어릴 적 사진의 오래된 버섯 같은 빛깔이 저절로 차오르는 것 같았다. 옆 방에서 다시 돌아온 그녀는 그에게 두 장의 사진을 건넸다. 하지만 그것은 두 장 다 그의 눈을 당혹스럽게 할 정도로 촬영한 지 얼마 안 되는 신선한 사진이었다. 그것은 이번 여름 이 별장 정원에서 그녀가 등나무 의자에 걸터앉아 있을 때 찍은 것 같았다.

"어느 쪽이 더 잘 찍혔어요?"

그녀가 물었다.

그는 조금 머뭇대며 근시처럼 눈을 가늘게 뜨고 두 장의 사진을 비교해 보았다. 그는 별 뜻 없이 그중 하나를 가리켰다. 그때 손가락 끝이 살짝 사진 속 볼에 닿았다. 그는 장미 꽃잎에 닿은 것 같았다.

그러자 부인은 또 한 장의 사진을 집어 들며 말했다.

"그래도 이게 더 본인 닮지 않았어요?"

그런 말을 들으니 그도 그쪽이 현실의 그녀랑 더 닮은 것 같았다. 그리고 또 한쪽은 그의 공상 속 그녀인 '루벤스의 위작'과 똑 닮았다고 생각했다.

잠시 시간이 흐르고 그는 방금 실물을 보지 않는 사이에 사라져 버린 오래된 버섯 빛깔을 한 사진 속 모습을 떠올렸다.

"유모차가 어느 거예요?"

"유모차?"

부인은 잠시 무슨 말을 하냐는 듯한 표정을 지었다. 하지만 곧 그 표정은 지워졌다. 그것은 예의 상냥하고 비아냥거리는 듯한 독특한 미소로 바뀌어 갔다.

"그 등나무 의자 말하는 거예요."

그리고 그러한 온화한 공기가 변함없이 그 오후의 모든 시간 위에 있었다.

이게 얼마나 그가 기다리고 기다리던 행복한 시간일까?

그녀들과 떨어져 있는 동안 그는 그녀들을 너무나 만나고 싶었다. 그런 나머지 그는 스스로 '루벤스의 위작'을 제멋대로 만들어 버리는 것이다. 그러자 이번에는 그의 마음속 이미지가 신짜 그녀와 닮았는지 알고 싶어진다. 그리고 그것이 점점 더 그녀를 만나고 싶게 만드는 것이었다.

하지만 지금처럼 자신이 그녀들 앞에 있는 순간은 그는 그저 함께 있다는 사실만으로 완전히 만족해 버린다. 그리고 그 순간까지 가지고 있었던 자기 마음속 이미지가 진짜 그녀와 닮았는지 하는 궁금증도 언제 잊어버렸는지 모르게 잊어버렸다. 그것은 자신이 그녀들 앞에 있다는 것을 가능한 한 생생하게 느끼고 싶었기 때문에 그동안 있었던 그 외의 온갖 것을, 과연 그 이미지가 진짜 그녀를 닮았는지 하는 그 전날부터의 숙제마저도 완벽히 희생시킨 것이다.

하지만 막연하기는 하지만 자기 앞에 있는 소녀와 그 이미지 속의 소녀가 완전히 다른 별개의 존재라는 느낌이 들지 않는 것은 아니었다. 어쩌면 그가 그리다 만 '루벤스의 위작' 여주인공이 가진 장미 피부 그 자체는 지금 그의 앞에 있는 소녀에게 없는 것일지도 모른다.

두 개의 사진 에피소드가 그의 그런 생각을 선명하게 해 주었다.

저물녘이 되어 그는 호텔로 가는 어둑어둑한 오솔길을 혼자서 돌아가고 있었다.

그때 그는 그 오솔길을 따라 있는 나무숲 안쪽의 큰 밤나무 가지에 뭔가 정체를 알 수 없는 것이 올라가서 계속 가지를 뒤흔들고 있다는 사실을 알아차렸다.

그는 불안한 듯이 조금 멍청한 자신의 수호천사를 무심코 떠올리며, 그렇게 위를 올려다보았다. 왠지 거무스름한 빛을 띤 동물이 갑자기 그 나무에서 내려왔다. 그것은 다람쥐였다.

"바보 같은 녀석이로군."

그는 무심결에 그런 말을 중얼거리며 어둑어둑한 숲속을 허둥지둥 꼬리를 등에 얹은 채 달려가는 다람쥐를 보이지 않을 때까지 바라보고 있었다.

성 가족

죽음이 마치 한 계절을 연 것 같았다.

고인의 집으로 가는 도로는 점점 더 혼잡해져 갔다. 길 폭이 좁아 차들은 움직이는 시간보다 정지해 있는 시간이 길 정도였다.

3월이었다. 공기는 아직 차가웠지만 이제 숨쉬기는 그다지 힘들지 않았다. 어느새 호기심 많은 무리가 그들의 자동차를 에워싸고 안에 있는 사람을 보려고 얼굴을 차창에 바싹 붙였고, 그들의 콧김이 유리창을 뿌옇게 만들었다. 그 안에는 자동차 주인이 불안한 듯이, 그러나 무도회라도 가는 것처럼 미소를 띠며 그들을 쳐다보고 있었다.

차창 속에 한 귀부인이 눈을 감은 채 머리가 무거운 듯 쿠션에 기대어 축 처져 있는 것을 보며,

"저 사람은 누구지?"

그렇게 사람들은 속닥거렸다.

그것은 사이키라는 미망인이었나. 그때까지 끝도 없이 길게 느껴진 자동차의 정지가, 그 부인을 그런 가사 상태에서 깨운 것처럼 보였

다. 그러자 그 부인은 자기 운전사에게 무어라 말하면서 혼자 문을 열고 차에서 내려 버렸다. 때마침 그때 전방의 차가 움직이기 시작했기 때문에 그녀의 차는 그곳에 자신의 주인을 내버려 둔 채 다시 움직이기 시작했다.

그와 거의 동시에 사람들은 보았다. 모자도 쓰지 않고 머리도 엉망으로 헝클어진 한 청년이 군중들을 헤치고, 표류물인 듯 떠오르고 가라앉기를 반복하는 것처럼 보이는 그 부인에게 다가가서, 자못 친한 듯이 웃으며 그녀의 팔을 붙잡는 것을.

그 두 사람이 겨우 군중 밖으로 나왔을 때, 사이키 부인은 자신이 한 낯선 청년의 팔에 거의 기대다시피 하고 있다는 것을 그제야 알아차린 것 같았다. 그녀는 그 청년으로부터 팔을 빼고 무언가 물어볼 듯한 눈빛을 그에게 던지면서,

"고마워요."

라고 말했다. 청년은 상대가 자신을 기억 못 한다는 생각이 들자 조금 얼굴을 붉히면서 대답했다.

"저, 고노입니다."

그 이름을 들어도 청년의 얼굴은 도무지 생각날 것 같지 않았지만, 청년의 기품 있는 외모가 어느 정도 부인을 안심시킨 것 같았다.

"구키 씨 댁은 여기서 가까운가요?"라고 부인이 물었다.

"네, 바로 저기입니다."

그렇게 대답하면서 청년은 놀란 듯이 상대를 돌아보았다. 갑자기 그녀가 거기에 멈춰 선 것이다.

"저기, 어딘가 이 근처에 쉴 곳이 없을까요? 왠지 속이 좀 안 좋아서……."

청년은 곧바로 그 근처에서 한 작은 카페를 발견했다. 그 안에 들어가자 테이블에서는 먼지 냄새가 나고, 화분의 나뭇잎은 완전히 잿빛이었다. 청년은 다시금 부인을 위해 신경 쓰는 듯이 보였지만, 부인 쪽은 그리 괘념치 않는 것 같았다. 화분의 나뭇잎이 잿빛인 것은 자신의 슬픔 때문인지도 모른다고 청년은 생각했다.

청년은 부인의 안색이 다소 좋아진 것을 보자 조금 더듬거리며 말했다.

"제가 아직 좀 일이 있어서…… 곧 다시 올테니까요."

그리고 그는 일어섰다.

그곳에서 혼자가 되자, 사이키 부인은 또 눈을 감고 죽은 사람처럼 가만히 있었다.

'마치 무도회 같은 저 소란은 뭘까? 나는 도무지 저 사람들 속으로는 들어갈 수 없을 것 같아. 나는 이대로 돌아가는 편이 낫겠어…….'

그런네도 부인은 방금 그 청년이 돌아올 때까지 기다려야겠다고 생각했다. 왠지 그 청년을 어딘가에서 한 번 만난 적도 있는 것 같다는 느낌이 들어서였다. 그러고 보니 어딘가 죽은 구키를 닮은 데가 있다고 생각했다. 그리고 그 비슷함이 그녀에게 하나의 기억을 불러일으켰다.

몇 년 전이었다. 가루이자와의 만페이 호텔에서 우연히 그녀는 구키를 만난 적이 있었다. 당시 구키는 한 15세 정도의 소년을 데리고 있었고, 그녀는 그가 그 소년이 확실하다고 생각했다. 쾌활해 보이는 그 소년을 보면서, 그녀가 조금 짓궂게 "당신과 닮았네요. 당신 자식이 아닌가요?" 그러자 구키는 뭔가 아니라는 듯한 미소를 띤 채 입을 다물어버렸다. 그때만큼 구키가 자신을 미워하는 것처럼 보인 적이 없었다…….

고노 헨리는 사실 그 부인의 추억 속 소년이다.

헨리는 물론 몇 년 전 가루이자와에서 구키와 함께 만난 그 부인을 잊을 리 없다.

그때 그는 15세였다.

그는 아직 쾌활하고 순진한 소년이었다.

구키가 부인을 꽤 좋아하는 게 아닐까 생각한 것은 시간이 많이 지나서였다. 그 당시는 단지 구키가 부인을 진심으로 존경하고 있다는 것만 알았다. 그것이 어느덧 부인을 그가 범접하기 어려운 우상으로 만들고 있었다. 호텔 부인 방은 2층 해바라기가 피어 있는 안뜰에 접해 있었다. 그리고 그녀는 그 방 안에 거의 온종일 틀어박혀 있었다. 그곳에 한 번도 들어갈 기회가 없었던 그는 해바라기 아래에서 자주 그 방을 올려다보았다. 그곳은 매우 신성하고 아름답고 뭔가 비현실적인 것 같았다.

그 호텔 방은 그 후 그의 꿈속에 종종 나타났다. 그는 꿈속에서 날 수 있다. 덕분에 그는 방 안을 창유리 너머로 볼 수 있었다. 꿈마다 매번 방안 장식이 바뀌었다. 어느 때는 영국풍으로, 어느 때는 파리풍으로.

그는 올해 스무 살이 되었다. 열다섯 때와 같은 꿈을 품고 있지만, 전보다는 조금 우수에 찬 모습이고 몸도 조금 야위었다.

그리고 아까도 군중 틈 사이 차창 너머로 자동차 안에 죽은 듯이 늘어져 있던 부인을 봤을 때, 그는 자신이 걸으면서 꿈을 꾸는 것이 아닐까 생각했을 정도였다.

고별식의 혼잡함 때문에 죽음의 감정을 까맣게 잊어버린 채 식장에서 돌아온 헨리는 먼지투성이 카페 안에서 다시 그 죽음의 감정을 부인과 함께 맞이했다.

그에게는 그런 감정들이 접근하기 어려운 것 같았다. 그것들에 다가가기 위해 그는 가능한 한 슬픔을 위장하려고 했다. 하지만, 스스로가 알아채고 있었던 것보다 훨씬 깊은 자신의 슬픔이 그 위장을 어렵게 했다. 바보처럼 그는 그곳에 우두커니 서 있었다.

"어땠어요?" 부인이 그가 있는 쪽을 향해 얼굴을 들었다.

"예, 아직 아주 혼잡합니다." 그는 허둥대며 대답했다.

"그럼, 저, 이제 그쪽에 안 가고 이대로 돌아갈게요……."

그렇게 말하면서 부인은 자신의 오비 틈에서 작은 명함을 꺼내어 그에게 건네주었다.

"전혀 못 알아봤어요……다음에 시간 있으면 우리 집에도 놀러 오세요."

헨리는 자신을 부인이 기억해냈다는 것을 깨닫고, 게다가 부인으로부터 그런 제의를 듣자 더한층 허둥대며 뭔가를 계속해서 주머니 속에서 찾았다. 그렇게 겨우 한 장의 명함을 꺼냈다. 그것은 구키의 명함이었다.

"제 명함이 없어서……."그렇게 말하며 겁먹은 아이처럼 미소 지었다. 그는 그 명함을 뒤집어 거기에

고노 헨리

라는 글자를 볼품없이 썼다.

그걸 보면서 아까부터 이 청년과 구키는 어디가 닮았을까 생각하던 사이키 부인은 드디어 비슷한 점을 그녀의 독특한 방법으로 찾아냈다.

'마치 구키를 뒤집어놓은 듯한 청년이다.'

이처럼 그들이 우연히 만나고, 그들 자신조차 생각지도 못한 속도로 서로를 이해하게 된 것은 어쩌면 그 보이지 않는 중개자가 죽었기 때문일지도 모르겠다.

*

고노 헨리는 사이키 부인이 발견한 것처럼, 어딘가 구키를 뒤집어놓은 것 같은 느낌이 있다.

외모상으로 보면 그는 별로 구키를 닮은 데가 없다. 오히려 정반대라고 말해도 좋을 정도이다. 하지만 그 대조가 오히려 어떤 사람들에

게는 그들의 정신적 유사함을 돋보이게 한다.

구키는 이 소년을 매우 좋아했던 것 같다. 그것이 이 소년에게 구키의 약점을 빨리 이해시켰을 것이다. 구키는 자신의 약한 마음을 세상에 보여주지 않으려고 그것을 특유의 빈정거림으로 표현하려고 한 사람이었다. 구키는 거기에 반은 성공했다고 할 수 있다. 하지만 자신의 마음속에 약한 마음을 숨기면 숨길수록 그 약점은 그에게 점점 더 참을 수 없게 되어 갔다. 헨리는 그러한 불행을 곁에서 보고 있었다. 그리고 구키와 같은 약한 마음을 가지고 있던 헨리는 그와는 반대로 그러한 허약함을 가능한 한 겉으로 드러내려고 했다. 그가 그런 것에 얼마나 성공할지는 앞으로의 과제일 것이다.

구키의 갑작스러운 죽음은 이 청년의 마음을 엉망으로 만들었다. 그러나 구키의 부자연스러운 죽음도 그에게는 극히 자연스럽다고 여기게끔 하는 잔혹한 방식이었다.

구키가 죽은 후, 헨리는 유족에게 부탁을 받아 그의 장서 정리를 하기 시작했다.

매일 곰팡내 나는 서고에 틀어박혀 끈기 있게 일했다. 그의 슬픔은 이 일을 좋아하는 것 같았다.

어느 날, 그는 한 권의 낡은 서양 책 사이에, 뭔가 오래된 편지에서 떨어져 나간 쪼가리 같은 것이 끼워져 있는 것을 발견했다. 그는 그것을 여자의 필적 같다고 생각했다. 그리고 그것을 아무 생각 없이 읽었다. 다시 한번 읽었다. 그다음 그것을 조심스럽게 원래의 장소에 끼워두고 가능한 안쪽 깊은 곳에 그 책을 넣어 두었다. 기억해두기 위해 표지를 보니 그것은 메리메의 서간집이었다.

그리고 잠시 그는 입버릇처럼 중얼거렸다.

'어느 쪽이 상대를 더 많이 괴롭힐 수 있을까, 우리 시험해 보죠⋯⋯.'

저녁이 되면 헨리는 자신의 아파트로 돌아간다.

그의 방은 정말 어지러웠다. 그것은 그가 매일 구키의 서고를 정리하는 것과 같은 끈기를 가지고 어지럽힌 것처럼 보인다. 어느 날, 그가 그 방에 들어가자 신문과 잡지, 넥타이, 장미, 파이프 등의 무더기 위에, 딱 물웅덩이 위에 떠 있는 석유처럼 무지개색 무언가가 떠 있는 것을 발견했다.

자세히 보니 예쁜 봉투였다. 뒤집어보니 사이키라고 쓰여 있었다. 그리고 그 필적은 그에게 바로 얼마 전 메리메 서간집 속에서 발견한 옛 편지를 생각나게 했다.

그는 조심스레 봉투를 뜯으며 불쑥 노인과 같은 미소를 지었다. 뭐든 다 알고 있다는 듯한 미소다. 헨리는 그런 식으로 두 가지 미소를 구분 지었다. 아이와 같은 미소와 노인과 같은 미소. 즉, 타인을 향한 미소와 자신을 향한 미소를 구별하고 있던 것이다.

그리고 그런 미소 탓에 그는 자신의 마음이 복잡하다고 믿고 있었다.

헨리에게 사이키 부인과의 두 번째 만남이 그 전보다 훨씬 깊어진 마음 상태에서 이루어진 것은 그러한 에피소드 때문이었다. 사이키 부인의 방은 그의 꿈과는 달리 장식들이 꽤나 소박했다. 결코 영국풍도, 파리풍도 아니었다. 그리고 그것은 그에게 어쩐지 일등 선실 살롱을 생각나게 했다.

때때로 그가 마치 뱃멀미하는 듯한 사람의 시선을 부인에게 보내는 것에 주의할 필요가 있다.

하지만 헨리의 심리를 그렇게 불안하게 만드는 것은 그러한 환경 때문만이 아니라, 사이키 부인과 함께 고인의 추억을 말하면서, 끊임없이 상대의 기분을 따라가려고 하고, 가능한 한 자신의 나이보다 위로 키 높이기를 하고 있기 때문이기도 했다.

이 사람도 필시 구키를 사랑하고 있었을 것이다. 구키가 이 사람을 사랑했던 것처럼. 그렇게 헨리는 생각했다. 그러나 이 사람의 경직된 마음은 그의 약한 마음에 상처 주지 않고서는 거기에 닿을 수 없었을 것이다. 마치 다이아몬드가 유리에 닿으면 흠을 낼 수밖에 없는 것처럼. 그리고 이 사람 또한 자기가 상대에게 준 상처 때문에 괴로워하고 있다.

이런 생각이 끊임없이 헨리를 자기 나이가 도달할 수 없는 곳으로 끌어올리려 했던 것이다.

이윽고 그는 17, 18세쯤 되어 보이는 한 소녀가 응접실로 들어오는 것을 보았다.

그는 그것이 부인의 딸인 기누코라는 것을 알았다. 그 소녀는 아직 그녀의 어머니를 그리 닮지 않았다. 그가 왠지 그 소녀를 마음에 들어 하지 않는 이유는 이 때문이었다.

그는 17, 18세 소녀는 자기와는 너무 동떨어져 있다고 생각했다. 그는 그 소녀의 얼굴보다 그 어머니의 얼굴을 더 신선하게 보았다.

기누코 쪽에서도 또한 소녀 특유의 민감함으로 헨리의 마음이 자기로부터 멀리 있는 것을 간파한 것 같았다. 그녀는 잠자코 두 사람의 대화에 끼어들려고 하지 않았다.

그녀의 어머니는 바로 그것을 알아차렸다. 그리고 그 미묘한 배려로 이를 방치하지 않았다. 어머니다운 주의를 기울여 두 사람을 더 가깝게 만들고자 했다.

그녀는 은근슬쩍 헨리에게 딸의 이야기를 하기 시작했다. 어느 날, 기누코는 학교 친구의 권유로 처음으로 혼고의 헌책방이라는 곳에 들어가 봤다고 한다. 그녀가 우연히 그곳에 있던 라파엘로 화집을 집어 드니 그 표지에 구키라고 장서 표시가 되어 있었다. 그리고 그녀는 그것을 정말 가지고 싶어 했다.

갑자기 헨리가 말을 막았다.

"그건 제가 판 것일지도 모릅니다."

부인들은 놀라서 그를 올려다보았다. 그러자 그는 특유의 순진한 미소를 보이면서 덧붙였다.

"구키 씨에게 아주 오래전에 받은 것을 그분이 돌아가시기 4, 5일 전에 아무래도 제 형편 때문에 어쩔 수 없어서 팔아버렸습니다. 이제와 매우 후회하고 있습니다만……."

그런 자신의 가난함을 어째서 이런 부유한 부인들 앞에서 고백할 마음이 들었는지 헨리 자신도 잘 알지 못했다. 하지만 이 고백은 어쩐지 그의 마음에 들었다. 그는 자기의 뜻밖의 솔직한 말이 부인들을 심히 놀라게 했다는 것에 오히려 만족했다.

그렇게 헨리 자신도 자신의 아이다운 솔직함에 어느새 놀라기 시작했다…….

*

그때까지 그의 꿈에 지나지 않았던 사이키 집안이 갑자기 하나의 현실이 되어 헨리의 생활 속에 들어왔다.

헨리는 그것을 구키와의 여러 추억과 함께 신문, 잡지, 넥타이, 장미, 파이프 등의 혼잡 속에 아무렇게나 팽개쳐 놓았다.

그런 난잡함을 조금도 그는 신경 쓰지 않았다. 오히려 거기에 그 자신에게 가장 잘 어울리는 생활양식을 발견하고 있던 것이다.

어느 날 밤, 그의 꿈속에서, 구키가 큰 화집을 그에게 건넸다. 그중 한 장의 그림을 들이밀면서,

"이 그림을 알아?"

"라파엘로의 성가족이겠죠."

라고 그는 어색한 듯 대답했다. 그것이 아무래도 자신이 팔아버린 화집인 것 같았다.

"다시 한번 잘 봐봐."하고 구키가 말했다.

그래서 그는 또 한 번 그 그림을 봤다. 그러자 아무래도 라파엘로의 그림 같았지만, 그 그림 속 성모 얼굴은 사이키 부인인 것 같았고, 어린아이 모습은 기누코 같기도 해서 이상한 기분이 들었다. 다른 천사들을 보려고 하자,

"모르는 건가?"하고 구키는 짓궂게 웃었다.

헨리는 눈을 떴다. 그러자 어질러져 있던 자신의 베개 머리맡에서 어디선가 본 적 있는 멋진 봉투가 하나 떨어져 있었다.

아니, 아직 꿈이 계속되고 있는 건가 하고 생각하면서 서둘러 그 봉투를 열어보니 편지 속 문구는 명료했다. 라파엘로의 화집을 다시 사라는 것이다. 그리고 그것과 함께 한 장의 환전 지폐가 들어 있었다.

그는 침대 안에서 다시 눈을 감았다. 자신은 아직 꿈을 꾸고 있는 거라고 자신에게 되뇌듯이.

그날 오후, 사이키 가를 방문한 헨리는 큰 라파엘로 화집을 안고 있었다.

"이런, 일부러 가지고 오셨나요? 당신 집에 두어도 괜찮은데."

그렇게 말하면서도, 부인은 그것을 곧 넘겨받았다. 그리고 등나무 의자에 앉아서 조용히 그 책을 한 장 한 장 넘겨 갔다. 그리고 갑자기 거친 동작으로 자신의 얼굴 가까이 가져갔다. 마치 그 책의 냄새라도 맡는 것 같다.

"왠지 담배 냄새가 나네요."

헨리는 놀라 부인을 올려다봤다. 순간 구키가 골초였다는 사실을

떠올리면서. 그렇게 그는 부인의 얼굴이 어쩐지 기분 나쁠 정도로 창백해 있다는 것을 깨달았다.

"이 사람은 어딘가 죄인 같은 모습을 갖고 있구나"라고 헨리는 생각했다.

그때 정원 안에서 기누코가 그에게 말을 걸었다.

"정원 안 보실래요?"

그는 부인을 그대로 혼자 내버려 두는 편이 그녀가 편하겠다고 생각하며 기누코 뒤를 따라 적막한 정원 안쪽으로 들어갔다.

소녀는 정원 안쪽으로 들어가면 들어갈수록 이상하게 걷기 힘들어졌다. 그녀는 그것이 자기 뒤에 있는 헨리 때문이라고는 깨닫지 못했다. 그리고 소녀만이 생각할 수 있는 단순한 이유를 찾아냈다. 그녀는 헨리를 돌아보며 말했다.

"이 근처에 들장미가 있으니까 밟으면 위험해요."

들장미 꽃이 피기는 계절이 너무 빨랐다. 그리고 헨리는 어떤 것이 들장미인지, 그 잎사귀만으로는 구별할 수 없었다. 또다시 그는 어느새 어설프게 걷고 있었다.

기누코는 자기 스스로는 전혀 눈치채지 못했지만, 헨리를 처음 만났을 때부터, 조금씩 마음이 동요하고 있었다. 헨리를 처음 만난 때부터라고 하기에는 좀 정확하지 않다. 그것은 오히려 구키가 죽었을 때부터라고 고쳐 말해야 할지도 모른다.

당시 기누코는 이미 17세인데도 아직 죽은 아버지의 그늘 밑에서 살고 싶어 했다. 그리고 그녀는 자기 어머니의 다이아몬드와 같은 아름다움을 소유하려 하지 않고, 그것을 바라보고 그것을 사랑하려고만 하고 있었다.

그런데 구키의 죽음으로 자기 어머니가 너무나 슬퍼하고 있는 것 같아, 처음에는 단지 의외라고 생각했지만, 차차 그 어머니의 여성스러운 감정이 그녀 안에 아직 잠들어 있던 부분을 눈뜨게 했다. 그때부터 그녀는 하나의 비밀을 가지게 되었다. 그러나 그것이 무엇인지 알려고는 하지 않았다. 그 후로 그녀는 자기도 모르게 자기 어머니의 눈을 통해서 세상을 보려는 경향이 짙어지고 있었다.

그리고 그녀는 어느새 자기 어머니의 눈을 통해 헨리를 바라보게 되었다. 좀 더 정확하게 말하면, 그의 안에서, 어머니가 보고 있는 것처럼 뒤집어놓은 구키를 보고 있었다.

그러나 그녀 자신은 이러한 모든 것을 거의 의식하지 않고 있었다.

한번은 헨리가 그녀 어머니가 안 계실 때 찾아온 적이 있다.

헨리는 좀 난처한 듯한 얼굴을 하고 있었지만, 그래도 기누코의 말에 따라 응접실에 앉았다.

때마침 비가 내리고 있었다. 그래서 요전처럼 정원에 나갈 수도 없다.

두 사람은 마주 앉아 있었지만 별로 할 말도 없었고, 게다가 두 사람은 서로 상대가 지루할 거라 상상함으로써 자신도 지루한 것처럼 느꼈다.

그렇게 두 사람은 오랫동안 몹시도 답답한 침묵 속에 앉아 있었다. 심지어 두 사람은 실내가 어두워졌다는 사실도 눈치채지 못할 정도였다. 몹시 어두워졌다는 것을 알아차리자 헨리는 놀라서 돌아갔다.

기누코는 그 뒤로, 왠지 두통이 나는 듯한 느낌이 들었다. 그녀는 그것을 헨리와의 지루한 시간 탓으로 돌렸다. 하지만 실은 장미 옆에 너무 오래 있었기 때문에 생긴 두통 같은 것이었다.

*

기누코와 마찬가지로 사랑의 첫 징후는 헨리에게도 나타나기 시작했다.

자신의 지저분한 삶의 방식 덕택에 헨리는 그 징후를 단순한 권태라고 착각하며, 그것을 여자들의 완고한 성질과 자신의 약한 성질과의 차이 탓으로 돌렸다. 그리고 "다이아몬드는 유리에 흠집을 낸다."는 원리를 떠올리며 자신도 또 구키처럼 상처받지 않도록 그녀들로부터 빨리 멀어져가는 것이 좋다고 생각했다. 그리고 그는 독특한 말투로 자신을 향해 말했다. 자신을 그녀들에게 가까이 가게 한 구키의 죽음 그 자체가, 이번에는 반대로 자신을 그녀들로부터 멀어져가게 하는 것이라고.

그리고 그런 놀라울 정도로 단순한 생각으로 그녀들에게서 멀어지면서, 헨리는 다시 자신의 어지러운 방안에 틀어박혀 혼자 살려고 했다. 그러자 이번에는 닫힌 그 방 안에서 진짜 권태가 생겨나기 시작했다. 하지만 헨리 자신은 진짜와 가짜를 뒤섞어버리고, 오로지 그러한 것에서 자신을 구출해 줄 하나의 신호만을 기다리고 있었다.

하나의 신호. 그것은 카지노 댄서들에 푹 빠져 있었던 그의 친구들에게서 왔다.

어느 날 밤, 헨리는 친구들과 함께 주방 냄새가 나는 카지노의 뒷방 복도에 서서 댄서들을 기다리고 있었다.

그는 곧 댄서 한 명을 알게 되었다.

그 댄서는 작고 그리 예쁘지 않은 얼굴을 하고 있었다. 그리고 하루 십여 번의 춤에 완전히 지쳐 있었다. 하지만 자포자기인 상태에서도 쾌활한 그녀의 성격이 헨리의 마음을 사로잡았다. 그는 그 댄서의 마음에 들기 위해 가능한 한 자신도 쾌활해지려고 했다.

하지만 댄서의 쾌활함은 그녀의 나쁜 기교에 지나지 않았다. 그녀는 또한 그만큼이나 겁쟁이였다. 하지만 그녀의 공포심은 사람에게 속지 않으려 한 나머지 사람을 속이려고 하는 종류의 것이었다.

그녀는 헨리의 마음을 빼앗으려고, 다른 모든 남자와 장난을 쳤다. 그리고 그를 자기에게 멀어지게 하지 않으려고 일부러 그를 기다림에 지치게 했다.

한번, 헨리가 댄서의 어깨에 손을 얹으려고 한 적이 있다. 그러자 댄서는 재빠르게 그 손에서 자신의 어깨를 빼 버렸다. 그리고 그녀는 헨리가 얼굴을 붉히는 것을 보며 그의 마음을 빼앗았다고 믿었다.

이런 소심한 두 사람의 마음이 어떻게 잘 되어갈 수 있을까?

어느 날, 그는 공원 분수 언저리에서 댄서를 기다리고 있었다. 그녀는 좀처럼 오지 않는다. 익숙한 상황이기 때문에 그는 그것을 그리 고통스럽게 느끼지 않는다. 하지만, 그러는 사이에 문득 댄서와는 다른 소녀 기누코를 떠올렸다. 그리고 만약 지금 내가 기다리고 있는 게 그 댄서가 아니고 기누코라면 어떨까 하는 상상을 했다. 하지만 바보 같은 상상이라는 사실을 곧 깨달았고, 그는 그것을 댄서로 인한 현재의 고통을 회피하려고 하는 자신의 탓으로 돌렸다.

헨리의 난잡한 생활 속에 매몰되어가면서도 끊임없이 성장하고 있던 하나의 순결한 사랑이 이렇게 불쑥 그 표면으로 얼굴을 내민 것이다. 하지만 그는 이를 깨닫지 못하고 또다시 자기만의 세계에 틀어박혔다.

말하자면 기누코는 헨리가 자신들로부터 멀어져 가는 것을 처음에는 무언가 안심된 기분으로 배웅하고 있었다. 하지만 그것이 어느 한도를 넘어서자 이번에는 반대로 그 상황이 그녀를 괴롭히기 시작했다. 그러나 그것이 헨리에 대한 사랑에서 비롯된 것임을 인정하기에는 소녀의 마음은 너무나 굳어 있었다.

사이키 부인은 헨리가 이렇게 멀어져 가는 것을 오히려 그에게 방문 기회를 주지 않는 자신의 과실처럼 생각하고 있었다. 그러나 부인에게는 헨리를 보는 것이 즐겁다기보다 오히려 괴로운 부분이 많았다. 그렇게 세월이 지나고 구키의 죽음을 멀리하면 멀리할수록 그녀가 원하는 것은 평온함뿐이었다. 그래서 그녀는 헨리가 점점 멀어져

가는 걸 봐도, 그저 내버려 두고 있었던 것이다.

어느 날 아침, 두 사람은 공원 안에서 자동차로 드라이브하고 있었다.

그녀들은 거의 동시에 분수 주변에서 헨리가 한 작은 여자와 걷고 있는 것을 발견했다. 그 작은 여자는 노란색과 검은색 줄무늬 외투를 입고 뭔가 쾌활하게 웃고 있었다. 헨리는 그녀와 나란히 깊은 생각에 잠긴 듯이 고개를 숙이고 걷고 있었다.

"어머!"하고 기누코가 차 안에서 희미하게 소리를 냈다.

그와 동시에 그녀는 자기 어머니가 어쩌면 헨리를 알아차리지 못했을지도 모른다고 생각했다. 그렇게 그녀 자신도 모르는 척하려고 했다.

"왠지 눈 속에 먼지가 들어가 버렸어……."

부인은 부인 나름대로 또, 기누코가 헨리를 보지 않았으면 했다. 그래서 정말 눈 속에 먼지인지 뭔지가 들어가 그들을 못 봤을지도 모른다고 생각했다.

"깜짝 놀랐잖아……."

그렇게 말하며 부인은 조금 창백해진 얼굴을 감추었다.

*

하지만 그 침묵은 두 사람에게 오래도록 영향을 끼쳤다.

그 후, 기누코는 자주 혼자 마을 산책을 다녔다. 그녀는 마음속의 답답함을 운동 부족 탓으로 돌렸다. 그렇게 어머니에게서도 떨어져 혼자 있고 싶은 마음이나, 이렇게 걷고 있는 동안에 혹시 다시 헨리를 만날 수 있을지도 모른다는 생각 등이 그녀에게 있었던 것은, 조금도 스스로 인정하려고 하지 않았다.

그녀는 실력 없는 사진사처럼 헨리와 그 애인 같아 보이는 그녀의 모습을 수정했다. 사진 속의 그 작은 댄서는 그녀와 같은 상류사회의 훌륭한 아가씨로 만들어져 있었다.

그녀는 그런 헨리에 대해 뭐라 형언할 수 없는 씁쓸함을 맛보았다. 하지만 그것이 헨리 때문에 생긴 질투라는 것을 물론 그녀는 깨닫지 못했다. 왜냐하면 그녀는 헨리와 같은 연배의 다른 커플을 보아도 같은 괴로움을 느꼈기 때문이다. 그리고 그녀는 그것을 세상 일반 연인들에 대한 괴로움이라고 믿었다. 사실 그녀는 그 어떤 커플을 보아도 자기도 모르게 헨리를 떠올리고 있었던 것이었다.

그녀는 걸으면서 쇼윈도에 비치는 자신의 모습을 바라보았다. 그리고 그녀는 지금 막 스쳐 지나간 커플과 자신을 비교했다. 유리 속의 그녀는 때때로 묘하게 얼굴을 일그러뜨렸다. 그녀는 그것을 더러운 유리 탓으로 돌렸다.

어느 날 산책에서 돌아오자, 기누코는 현관에서 어딘가 본 적이 있는 남자의 모자와 구두를 발견했다.

그리고 그것이 누구 것인지 확실히 기억할 수 없다는 점이 그녀를 조금 불안하게 만들었다.

"누구지?"

라고 생각하면서, 그녀가 응접실에 가까이 가 보니, 그 안에서 부서진 기타 같은 목소리가 들려왔다.

그건 시바라는 남자 목소리였다.

시바라는 남자는 "그 녀석은 마치 벽의 꽃 그림 같은 녀석이에요. 봐요. 무도회에서 춤을 못 추니까 벽에만 붙어 서 있는 놈들이 있죠. 그런 녀석을 영어로 Wall Flower라고 한다더군요. 시바의 인생에 대한 입장이 딱 그거죠." 언젠가 헨리가 이렇게 말하던 것을 떠올리며 그녀는 문득 헨리를 생각했다…….

그녀가 응접실로 들어가자 시바는 갑자기 이야기를 멈췄다.

하지만, 곧 시바는 그 부서진 기타 같은 목소리로 그녀를 향해 말하기 시작했다.

"지금 헨리 욕을 하던 참이에요. 그 녀석은 요즘 완전히 망가졌어요. 하찮은 댄서 나부랭이한테 빠져서……."

"어머, 그래요?"

기누코는 그 말을 듣자마자 빙긋 웃었다. 너무나도 밝게. 그리고 자기도 웃으면서 이런 식으로 웃는 것은 실로 오랜만인 것 같다는 느낌이 들었다.

이 오래 잠들어 있던 장미를 피우기 위해서는 단 한마디로 충분했다. 그것은 댄서라는 한마디다. 헨리와 함께 있던 사람이 그런 사람이었나 하고 그녀는 생각하기 시작했다. 나는 그 사람을 나와 비슷한 신분의 사람으로만 생각하고 있었는데. 그리고 그런 사람만 헨리의 상대가 될 수 있다고 생각했는데. 그래, 분명 헨리는 그런 사람 따위 사랑하고 있지 않을지도 모른다. 어쩌면 그 사람이 사랑하는 것 역시 나일지도 모른다. 그런데 내가 그 사람을 사랑하지 않는다고 생각하기 때문에, 나한테서 멀어지려고 하는 게 아닐까. 그렇게 해서 자신을 속이기 위해 필시 그런 댄서와 함께 사는 거다. 그런 사람은 그 사람과 어울리지 않는데…….

그건 소녀다운 교만한 논리였다. 하지만 대개 소녀란 자신의 감정을 그 계산 안에 넣지 않는 법이다. 그리고 기누코의 경우도 그랬다.

때때로 울리지 않는데도 벨 소리를 들은 것 같아 직접 현관에 나가거나, 초인종이 망가져서 벨이 울리지 않는 것일까라고 종일 생각하거나 하면서, 기누코는 끊임없이 누군가를 기다리고 있었다.

"헨리를 기다리고 있는 걸까?" 문득 그녀는 그렇게 생각하기도 했지만, 그런 생각은 곧바로 그녀의 빗장 걸린 마음 표면을 미끄러져 나갔다.

이느 날 밤 벨이 울렸다. 그 방문자가 헨리임을 알고도, 기누코는 쉽사리 자신의 방에서 나가려고 하지 않았다.

마침내 그녀가 응접실로 들어가자 헨리는 모자도 쓰지 않고 걸어왔던 모양으로, 엉망이 된 머리에 창백한 표정으로 힐끗 그녀 쪽을 쏘아보았다. 그 후 더는 그녀를 돌아보려고 하지 않았다.

사이키 부인은 그러한 헨리를 앞에 두고 손에 들린 포도 접시에서 작은 포도알을 정성껏 입속에 밀어 넣고 있었다. 부인은 눈앞의 단정치 못한 헨리의 모습에서 문득, 구키의 고별식 날 도중에 그를 만났을 때를 떠올리고 여러 생각이 들었지만, 그 생각에서 되도록 벗어나고자 더욱 정성껏 손가락을 움직이고 있었다.

갑자기, 헨리가 말했다.

"저, 잠시 여행 갔다 오려고 합니다."

"어디로?" 부인은 포도 접시에서 눈을 뗐다.

"아직 확실히 결정은 안 했습니다만……."

"길게 가는 건가요?"

"네, 1년 정도……."

부인은 문득 헨리가 그 댄서와 함께 그곳에 가는 게 아닐까 의심하면서,

"외롭지 않겠어요?"라고 물었다.

"글쎄요……."

헨리는 정말 아무 생각 없이 대답했다.

기누코는 그동안 입을 다문 채 그의 초상화라도 그리려는 것처럼 열심히 그를 응시하고 있었다.

그렇게 그녀의 어머니가 헨리의 빗질하지 않은 머리나 엉터리로 맨 넥타이, 나쁜 안색 등에서 댄서의 흔적을 찾아내고 있는 동안, 기누코는 그녀 자신 때문에 아파하는 청년의 고통만을 발견하고 있었다.

헨리가 돌아간 뒤 기누코는 자기 방에 들어가자마자 자기도 모르게 눈을 감았다. 아까 헨리의 붉은 줄무늬 넥타이를 너무 오래 응시해서 눈이 아프다. 그러자 감긴 눈 속에서는 언제까지나 붉은 줄무늬 같

은 것이 일렁이고 있었다…….

*

헨리는 출발했다.

도시가 멀어져 작아지는 것을 보면 볼수록, 그에게는 출발 전에 보고 온 한 얼굴만이 점차 커져만 갔다.

한 소녀의 얼굴. 라파엘로가 그린 천사처럼 성스러운 얼굴. 실물보다 열 배는 큰 한 신비한 얼굴. 그리고 지금, 그것만이 모든 것에서 고립되어 방대해지고, 그 밖의 모든 것을 그의 눈에서 감추려고 하고 있다…….

"내가 정말 사랑하는 것은 이 사람일까?"

헨리는 눈을 감았다.

"……하지만, 이제 아무래도 좋다……."

그렇게까지 그는 지치고 상처받았고 절망했다.

헨리. 이 낙잠한 희생자는 지금까지 자신의 진심을 조금도 분가할 수 없었다. 그리고 아무 생각도 없이 자신이 정말로 사랑하는 것에서 멀어지기 위해 다른 여자와 살려고 했고, 게다가 그 여자 때문에 어떻게 해야 좋을지 모를 정도로 피폐해져 버린 것이다.

그렇게 그는 지금 어디에 도착하려고 하나?

어디에……?

갑자기 그는 기차가 한 정거장에 멈추자마자 서둘러 뛰어내렸다.

그곳은 무슨 약품 이름을 상기시키는 이름의 작은 해변 마을이었다.

그리고 이 트렁크 하나조차 가지지 않는 슬픈 얼굴의 여행자는 정거장을 나오자마자 그 낯선 마을 속으로 정처 없이 발걸음을 떼었다.

하지만 걸어가는 도중에 문득 이상한 느낌이 들기 시작했다. 지나가는 통행인의 얼굴, 꺼림칙한 바람에 들어 올려진 이름 모를 전단지, 어쩐지 불쾌한 느낌이 드는 벽 위의 낙서, 전선에 걸려 있는 휴지 같은 그런 것이 그에게 뭔가 불길한 기억을 강제로 소환시키고 있었다. 헨리는 어느 작은 호텔의 낯선 방으로 들어갔다. 여느 호텔 방과 비슷한 방 하나. 그러나 그것조차 그에게 무언가를 떠올리게 하고 그를 괴롭히기 시작했다. 그는 지쳤고 매우 졸렸다. 그리고 그는 그 모든 것을 자신의 피로와 졸음 탓으로 돌리려고 했다. 잠시 잠들었다 눈을 뜨니 이미 어두워져 있었다. 창문에서 들어오는 습한 바람이 헨리에게 자신이 낯선 마을에 와 있다는 사실을 알렸다. 그는 일어나 다시 호텔을 나갔다.

다시 방금 걸어왔던 길을 걸어 나오면서 그때부터 조금도 없어지지 않는 자신 속의 불가사의한 느낌을 개라도 된 듯 쫓았다.

갑자기 어떤 생각이 헨리에게 모든 것을 이해시키기 시작한 것 같다. 아까부터 자신을 이렇게 괴롭히고 있는 것, 그것은 죽음의 암호가 아닌가? 통행인의 얼굴, 전단지, 낙서, 종이 쪼가리 같은 것, 그것들은 죽음이 그를 위해 기록해 간 암호가 아닌가? 어디를 가도 이 마을에 붙어 있는 죽음의 표식. 그것은 그에게는 구키의 그림자이기도 했다. 그리고 그에게는 왠지 구키가 몇 년 전에 한 번 이 마을에 와서, 지금의 자신처럼 아무도 모르게 걸으면서, 역시 지금의 자신과 같은 고통을 느끼고 있었던 게 아닐까 싶었다…….

그렇게 헨리는 마침내 이해하기 시작했다. 죽은 구키가 자신의 배후에 끊임없이 살고 있고, 아직도 자신을 강력하게 지배하고 있다는 것을, 그리고 그것을 깨닫지 못한 것은 자기 삶의 난잡함이 원인이었다는 것을.

이런 식으로 모든 것에서 멀어지면서, 그리고 단 하나의 죽음을 자기 삶의 배후에 생생하게 매우 가깝고도 멀게 느끼면서, 이 낯선 마을 안을 정처 없이 걷고 있는 것이 어느새 헨리에게는 뭐라 말할 수 없는 상쾌한 휴식처럼 생각되었다.

그러던 중 헨리는 심한 냄새가 나는 엄청난 표류물 한가운데, 어슴푸레한 해안에 바보처럼 멈춰 서 있는 자신을 발견했다. 그렇게 자신의 발밑에 흩어져 있는 조개나 해초나 죽은 물고기 등이 그에게 자기 삶의 난잡함을 상기시켜주었다. 그 표류물 속에는 죽은 작은 개 한 마리도 섞여 있었다. 그리고 헨리는 그 죽은 개가 심술궂은 파도에 때때로 하얀 치아로 물리거나 뒤집히거나 하는 것을 물끄러미 응시하며 점차 활기차게 자기 심장이 고동치는 것을 느끼고 있었다…….

*

헨리의 출발 후, 기누코는 몸이 아팠다.

어느 날, 그녀는 드디어 처음으로 헨리에 대한 사랑을 고백했다. 그녀는 침대 위에서 시트처럼 창백한 표정으로 이렇게 곱씹고 있었다.

왜 내가 그랬을까? 왜 나는 그 사람 앞에서 심술궂은 얼굴만 하고 있었던 걸까? 그런 것이 분명 그 사람을 괴롭히고 있던 거야. 그래서 이런 식으로 우리로부터 멀어져간 게 틀림없어. 게다가 그 사람은 줄곧 자기 가난을 신경 쓰고 있던 것 같은데…… (그런 생각이 곧바로 소녀의 볼을 붉게 만들었다) ……그리고 그 사람은 우리 엄마에게 자신이 유혹이나 하는 사람처럼 보이기 싫었던 것일지도 몰라. 그 사람이 우리 엄마를 두려워한 건 진짜 사실이야. 이런 식으로 그 사람을 멀어져버리게 한 엄마도 나빠. 내 탓만은 아니야. 어쩌면 모든 게 엄마 탓일지도 몰라…….

그런 식으로 헝클어진 혼잣말이 딸의 얼굴 위에 어느새 17세 소녀에 걸맞지 않은 씁쓰레한 표정을 드리우고 있었다. 그것은 실은 그녀 자신에 대한 심술이었지만, 그녀에게는 그것이 그녀 어머니에게로 향하는 심술인 것처럼 잘못 믿게 했다…….

"들어가도 돼?"

그때 방 밖에서 어머니 목소리가 났다.

"괜찮아."

기누코는 그녀의 어머니가 들어오는 걸 보자 갑자기 자신의 사나워진 얼굴을 벽 쪽으로 향했다. 사이키 부인은 그녀가 눈물을 흘리기 위해 그렇게 했다고만 생각했다.

"고노 씨한테서 그림엽서가 왔어."라고 부인은 망설이며 말했다.

그 말이 기누코의 얼굴을 부인 쪽으로 돌리게 했다. 이번에는 부인이 자신의 얼굴을 돌릴 차례였다.

요즈음 사이키 부인은 완전히 젊음을 잃어가고 있었다. 그리고 그녀는 자기 딸이 왠지 너무나 자기한테서 멀어져간 것 같은 느낌을 받았다. 때로는 자기 딸이 마치 낯선 소녀처럼 느껴지는 일조차 있었다. 그리고 지금도 그랬다…….

기누코는 바다 그림엽서 뒤에 연필로 쓰인 헨리의 신경질적인 글자를 읽었다. 그는 그 해인이 마음에 들어 잠시 머무를 것이라고만 써서 보냈다.

기누코는 느닷없이 그녀의 사나운 얼굴을 그 그림엽서에서 부인 쪽으로 돌리면서,

"고노 씨는 죽으려는 거 아니야?"라고 물었다.

사이키 부인은 그 순간 자신을 노려보는 한 낯선 소녀의 너무나도 매서운 눈빛에 놀란 것 같았다. 하지만 소녀의 그런 눈빛은 갑자기 부인에게 그 소녀와 비슷한 나이였을 때 그녀가 사랑하던 사람에게 보여주지 않고는 견딜 수 없었던 자신의 매서운 눈빛을 상기시켰다. 그렇게 부인은 그 낯선 소녀가 그 당시의 자신과 아주 닮아 있는 것을, 그리고 그 소녀가 실은 자신의 딸인 것을 왠지 처음 깨달은 것처럼 보였다. 부인은 가만히 한숨을 내뱉었다. 딸은 누군가를 사랑한다. 자신이 옛날 그 사람을 사랑했던 것처럼 사랑한다. 그리고 그것은 분명히 헨리다…….

사이키 부인은 그러나 다음 순간, 자신 속에 오래 잠들어 있던 여

성의 감정이 다시 눈뜨기 시작한 것처럼 느껴졌다. 구키가 죽은 후 그녀의 괴로워하던 모습이 기누코 속에 그때까지 잠들어 있던 여성스러운 감정을 불러일으킨 것과 똑같은 심리 작용이, 이번에는 그 반작용이라도 되는 것처럼 일어난 것이다. 그리고 그것은 부인 역시 기누코와 마찬가지로 헨리를 사랑한다고 믿게 할 만큼 신선했다.

두 사람은 그대로 한동안 침묵했다. 그리고 그 침묵이 기누코가 방금 말한 무서운 말을, 그말 그대로 긍정하고 있는 것처럼 생각되려 할 때, 사이키 부인은 어머니로서의 자신의 의무를 겨우 되찾았다.

그리고 부인은 너무나도 자신 있게 미소를 띠면서 대답했다.

"……그럴 리 없어……그분에게는 구키 씨가 붙어 있을지도 몰라. 하지만 그래서 오히려 그분은 구원받고 있을 거야."

부인은 고노 헨리를 처음 만났을 때부터 그의 삶 속에 구키의 죽음이 씨실처럼 짜여 있다는 사실을, 그리고 그것이 그에게 죽음을 응시함으로써 간신히 삶을 알 수 있게 하는 불행한 청년으로 만들고 있음을 간파하고 있었다. 이러한 그녀의 일종의 날카로운 직관은 지금 다시 그녀 속에 살아 움직이기 시작했다. 그러한 헨리의 불행을 기누코에게 이해시키기 위해서는 지금 말한 것과 같은 아주 간단한 역설만으로 충분했다.

"그럴까……?"

기누코는 그렇게 대답하면서 아직 어딘가 고통스러운 표정으로 어머니의 얼굴을 올려다보았다. 그리고 어느새 가만히 어머니의 단아하고 엄숙한 얼굴을 응시하기 시작한 소녀의 시선은 점점 오래된 그림 속에서 성모를 올려다보는 어린 아기의 모습과 비슷해져 갔다.

불타는 뺨

나는 열일곱이 되었다. 그리고 중학교에서 고등학교로 들어간 지 얼마 안 되었을 때였다.

부모는 내가 그들 밑에서 너무 신경질적으로 자랄까 걱정하여 나를 그 기숙사에 집어넣었다. 그러한 환경의 변화는 내 성격에 꽤 큰 영향을 끼쳤다. 이로 인해 내 소년 시절로부터의 탈피가 기분 나쁠 정도로 재촉당하고 있었다.

기숙사는 마치 벌집처럼 여러 개의 작은 방으로 나뉘어 있었다. 그리고 그 하나하나의 방에는 각각 십여 명의 학생들이 뒤섞여 살고 있었다. 게다가 방이라고는 하지만 안에는 그저 흠집투성이의 큰 탁자가 두세 개 놓여 있을 뿐이었다. 그리고 그 탁자 위에는 누구 것인지 알 수 없는 하얀 줄이 들어간 제모, 사전, 노트, 잉크병, 담뱃갑 같은 것이 뒤죽박죽 쌓여 있었다. 그런 것들 사이로 어떤 이는 독일어 공부를 하고 어떤 이는 다리가 망가진 낡은 의자에 위태롭게 올라타 담배만 피우고 있었다. 나는 그들 중에서 가장 체구가 작았다. 나는 그들에게 따돌림받지 않도록 억지로 담배를 피우기도 하고 또 수염 안 난 볼에 조심조심 면도칼을 대기도 했다.

2층 침실은 이상하게 냄새가 났다. 더러운 속옷류의 냄새가 나를 구역질 나게 했다. 내가 잠들면 그 냄새는 꿈속에까지 들어와 현실에서 몰랐던 감각을 꿈에 던져넣었다. 하지만 나는 그 냄새에도 점점 익숙해져 갔다.

이렇게 나의 탈피는 이미 준비되고 있었다. 그리고 그저 마지막 일격만이 남아 있었다…….

어느 날 점심시간에 나는 혼자서 어슬렁어슬렁 식물 실험실 남쪽에 있는 조용한 화단 안을 걷고 있었다. 그러던 중 나는 문득 발을 멈췄다. 한구석에 모여 피어 있는 이름 모를 새하얀 꽃에서 꽃가루를 뒤집어쓴 꿀벌 한 마리가 날아오르는 것을 목격한 것이다. 그 꿀벌이 발에 붙어 있는 꽃가루 덩어리를 이번에는 어느 꽃으로 갖고 갈지 지켜보려고 했다. 하지만 그놈은 좀처럼 어느 꽃에도 머물려 하지 않았다. 그리고 마치 꽃 중에서 어느 꽃을 선택하면 좋을지 망설이고 있는 것처럼 보였다. ……그 순간이었다. 나는 그 이름 모를 꽃이 일제히 그 꿀벌을 자기가 있는 곳으로 유인하려고 각자 가진 암꽃술을 묘한 자태로 비트는 듯한 느낌이 들었다.

그러던 중 드디어 그 꿀벌은 한 꽃을 택해 그곳에 매달리듯 앉았다. 꽃가루 범벅이 된 발로 작은 암술머리에 달라붙은 것이다. 이윽고 그 꿀벌은 다른 곳으로 날아갔다. 나는 그것을 보자 왠지 갑자기 아이

와 같은 잔혹한 마음이 들어 막 수정을 끝낸 그 꽃을 홱 하고 잡아 뜯었다. 그리고 가만히 다른 꽃의 꽃가루를 뒤집어쓴 암술머리를 응시하다가 결국에는 그것도 내 손바닥으로 짓이겨버렸다. 그리고서 다시 나는 빨강과 자줏빛의 갖가지 꽃이 불타는 듯 피어 있는 화단 안을 배회하고 있었다. 그때 화단에 T자형으로 접해 있는 식물실험실 안에서 유리문 넘어 내 이름을 부르는 사람이 있었다. 그것은 우오즈미라는 상급생이었다.

"이리 와 봐. 현미경을 보여줄 테니까."

그 우오즈미라는 상급생은 내 몸의 두 배는 될 듯한 큰 체구를 가진 사내로, 원반던지기 선수였다. 운동장에 나갈 때의 그는 그 당시 우리 사이에 유행하던 독일제 그림엽서 속의 '원반 투수'라는 그리스 조각상 사진과 조금 닮아 있었다. 그리고 그것은 하급생들이 그를 우상으로 삼는 계기가 되었다. 하지만 그는 늘 다른 사람을 바보 취급하는 듯한 표정을 하고 있었다. 나는 그런 그가 나를 마음에 들어 하길 바랐다. 나는 그 식물실험실 안으로 들어갔다.

그곳에는 우오즈미 혼자뿐이었다. 그는 털북숭이 손으로 어설프게 어떤 현미경 표본을 만들고 있었다. 그리고 때때로 자이스(Zeiss) 현미경으로 표본을 살펴보았다. 그리고 내게도 그것을 보여주었다. 나는 표본을 보기 위해 몸을 새우처럼 구부려야 했다.

"보이나?"

"예……"

나는 그런 불편한 자세를 유지하며, 현미경을 보고 있지 않은 또

다른 눈으로 우오즈미의 동작을 슬쩍 곁눈질했다. 방금 나는 그의 얼굴이 이상하게 변하기 시작했다는 것을 깨달았다. 실험실 안 밝은 광선 탓인지, 그렇지 않으면 그가 늘 쓰던 가면을 벗고 있는 탓인지, 그의 볼 덩어리는 묘하게 늘어지고 그 눈은 새빨갛게 충혈되어 있었다. 그리고 입가에는 끊임없이 소녀와 같은 연약한 미소를 흘리고 있었다. 문득 나는 방금 봤던 꿀벌 한 마리와 이름 모를 새하얀 꽃을 떠올렸다. 그의 뜨거운 호흡이 내 볼에 느껴졌다…….

현미경으로부터 불쑥 얼굴을 들었다.

"이제, 저는……"하고 손목시계를 보며 웅얼거렸다.

"교실로 가야 해서……."

"그래?"

어느새 우오즈미는 교묘하게 새로운 가면을 쓰고 있었다. 그리고 다소 창백해진 내 얼굴을 내려다보며 그는 평상시처럼 사람을 바보 취급하는 듯한 표정을 짓고 있었다.

*

5월이 되자 다른 방에 있던 사이구사라는 동급생이 우리 방으로 옮겨왔다. 그는 나보다 한 살 위였다. 그가 상급생들에게 어린아이 취급 받았다는 이야기는 꽤 유명했다. 그는 마르고 정맥이 훤히 들여다보이는 아름다운 피부를 가진 소년이었다. 아직 장밋빛 뺨을 가진 소유자, 나는 그의 그런 빈혈성 아름다움을 부러워했다. 나는 교실에서 교과서 너머로 종종 그의 가느다란 목덜미를 훔쳐보는 일조차 있었다.

사이구사는 밤이 되면 다른 누구보다 빨리 2층 침실로 갔다.

침실은 매일 밤 규정된 취침 시간인 10시가 되어야만 전등이 켜졌다. 그런데도 그는 9시쯤부터 침실로 가버리는 것이었다. 나는 어둠 속에서 잠들어 있을 그의 잠든 얼굴을 여러 형태로 상상해보았다.

하지만 나는 내 습관대로 12시쯤이 되지 않으면 침실로 가지 않았다.

어느 날 밤, 나는 목이 아팠다. 열도 조금 있는 것 같았다. 나는 사이구사가 침실로 간 지 얼마 되지 않아 양초를 손에 들고 계단을 올라갔다. 그리고 별생각 없이 내 침실 문을 열었다. 그 안은 캄캄했지만 내 손에 든 양초가 돌연 큰 새 모양을 한 괴상한 그림자를 천정에 드리웠다. 그것은 격투라도 하는 듯 섬뜩하게 흔들리고 있었다. 심장이 두근거렸다. 하지만 그것은 순간에 지나지 않았다. 내가 그 천정에서 발견한 환영은 그저 촛불 빛의 변덕스러운 움직임 때문 같았다. 왜냐하면 내 촛불 빛이 그리 흔들리지 않게 됐을 때 사이구사는 그저 벽 근처 침상에 누워 있었고, 그 머리맡에 또 한 명의 덩치 큰 사내가 망토를 뒤집어쓴 채 언짢은 듯이 뚱하게 앉아 있는 것을 발견했기 때문이다…….

"누구야?" 하고 망토를 쓴 남자가 내 쪽을 돌아보았다.

나는 허둥지둥 내 촛불을 껐다. 그가 우오즈미 같다고 생각됐기 때문이다. 나는 언젠가 식물실험실 때부터 필시 그가 나를 미워하고 있을 거라고 믿고 있었다. 나는 잠자코 사이구사 옆에 있는 내 꾀죄죄한 이불 속으로 기어들어 갔다.

사이구사도 잠자코 있는 듯했다.

몇 분간 내 아픈 목을 조이는 듯한 시간이 지나갔다. 그 우오즈미 같은 사내가 결국 일어섰다. 그리고 말없이 어둠 속에서 거친 소리를 내며 침실을 나갔다. 그 발소리가 멀어지자 나는 사이구사에게

"나는 목이 아파……."하고 몸 상태가 안 좋다는 듯 말했다.

"열은 없어?" 그가 물었다.

"조금 있는 것 같아."

"어디 보자……."

그렇게 말하면서 사이구사는 자기 이불에서 약간 몸을 일으켜 내 욱신거리는 관자놀이 위에 그의 차가운 손을 가져다 댔다. 나는 숨을 죽였다. 이어 그는 내 손목을 잡았다. 내 맥을 보려 했다기에는 조금 기묘한 느낌이 드는 동작이었다. 그런데도 나는 내 맥박이 갑자기 빨라진 것을 그가 알아차리지나 않을까 그것만을 염려하고 있었다…….

다음 날 아침, 나는 온종일 침대에 드러누워 앞으로도 매일 밤 일찍 침실에 가기 위해 내 목 통증이 계속해서 낫지 않으면 좋겠다는 생각조차 했다.

며칠 후 저녁부터 내 목이 또 아프기 시작했다. 나는 일부러 기침하며 사이구사 다음으로 침실에 갔다. 하지만 그의 침상은 비어 있었다. 어디로 가 버렸는지 그는 좀처럼 돌아오지 않았다.

한 시간 정도가 지났다. 나는 홀로 힘들어하고 있었다. 나는 자신

의 목 상태가 아주 안 좋다고 생각하며 혹시 이러다 병으로 죽을지도 모른다고 생각하기도 했다.

드디어 그가 돌아왔다. 나는 아까부터 내 머리맡에 양초를 켜 두고 있었다. 옷을 벗으려고 몸을 뒤트는 그의 모습이 촛불 빛으로 인해 천정에 으스스한 그림자를 만들어냈다. 나는 언젠가 밤에 본 환영을 떠올렸다. 나는 그에게 지금까지 어디에 가 있었는지 물었다. 그는 잠이 안 와 운동장을 혼자서 산책하고 왔다고 대답했다. 그것은 너무나 거짓말 같은 답변이었다. 하지만 나는 잠자코 있었다.

"촛불 켜 두는 거야?"

그가 물었다.

"아무래도 좋아."

"그럼 끌게……."

그렇게 말하며 그는 내 머리맡 촛불을 끄기 위해 그의 얼굴을 내 얼굴 쪽으로 가까이했다. 나는 그 긴 속눈썹 그림자가 그의 뺨에서 촛불에 어른거리는 모습을 가만히 올려다보고 있었다. 불처럼 뜨거워진 내 뺨에는 그 모습이 성스러울 정도로 차갑게 느껴졌다.

나와 사이구사의 관계는 언제부턴가 우정의 한계를 넘은 듯이 보였다. 하지만 그렇게 사이구사가 내게 가까이 다가올수록, 또 한편으로 우오즈미가 점점 기숙사생들에게 난폭한 행동을 하고 때때로 운동장에 나가서는 혼자 광인처럼 원반던지기를 하는 모습을 보게 되었다.

그러던 중 학기말 시험이 다가왔다. 기숙사생들은 시험을 준비하기 시작했다. 우오즈미가 그 시험을 앞두고 기숙사에서 자취를 감춰 버린 것을 알았지만 우리는 그에 대해 함구하고 있었다.

*

여름방학이 되었다.

나는 사이구사와 일주일 정도 어떤 반도로 여행 갈 생각이었다.

잔뜩 흐린 어느 날 오전, 우리는 마치 부모를 속이고 장난을 치려는 아이들처럼 다소 엉큼한 생각을 하며 출발했다.

우리는 반도의 어느 한 역에 내려서 그곳에서 20리 정도 해안을 따라 걸은 뒤, 톱니 모양의 산에 둘러싸인 한 작은 어촌에 도착했다. 숙소는 왠지 쓸쓸했다. 어두워지자 어디선가 모르게 바다풀 향기가 났다. 어린 여종업원이 램프를 들고 들어왔다. 나는 그 어슴푸레한 램프 불빛 아래 침상에 들려고 셔츠를 벗는 사이구사의 벌거벗은 등에서 등뼈 하나가 묘하게 튀어나와 있는 것을 발견했다. 나는 왠지 그것을 만져보고 싶어졌다. 그래서 나는 그 부분에 손가락을 가져다 대며

"이게 뭐야?"하고 물어봤다.

"그거……."

그는 얼굴을 약간 붉히며 말했다.

"그건 척추 카리에스 자국이야."

"좀 만져봐도 돼?"

그렇게 말하며 나는 맨몸에 드러난 척추의 이상한 돌기를 상아라도 만지듯이 몇 번이고 만져보았다. 그는 눈을 감으며 왠지 간지럽다는 듯한 표정을 지었다.

다음 날도 또 잔뜩 흐려 있었다. 그래도 우리는 출발했다. 그리고 다시 해안을 따라 자갈이 많은 길을 걷기 시작했다. 작은 마을을 여럿 지나쳤다. 하지만 정오쯤 마을 중 하나에 가까이 다다랐을 때 지금이라도 당장 비가 내릴 것처럼 하늘이 어둑어둑해졌다. 게다가 우리는 이미 지쳐서 서로 조금씩 짜증이 나 있었다. 우리는 그 마을에 들어가 언제쯤 승합마차가 마을을 통과하는지 물어보려고 했다.

마을로 들어서는 곳에 작은 널다리가 하나 놓여 있었다. 그리고 그 널다리 위에는 마을 소녀 대여섯 명이 각자 종다래끼를 손에 들고 서서 무언가를 이야기하고 있었다. 우리가 가까이 다가가자 그녀들은 이야기를 멈추었다. 그리고 우리 쪽을 신기한 듯 쳐다보았다. 나는 그 소녀들 가운데 눈매가 아름다운 한 소녀를 택해 그 소녀만을 빤히 바라보았다. 그녀는 소녀들 가운데 가장 나이가 위인 듯했다. 그리고 그녀는 내가 아무리 무례하게 쳐다봐도 아무렇지도 않은 듯 가만히 있었다. 이런 경우에 모든 젊은이가 그렇듯 나는 짧은 시간 안에 될 수 있는 한 그녀에게 자신을 강하게 각인시키려고 여러 동작을 궁리해보았다. 그리고 나는 그녀와 한 마디라도 좋으니까 뭔가 말을 나누고 싶었지만 그러지도 못한 채 그녀 곁을 지나치려고 하고 있었다. 그때 갑자기 사이구사가 발걸음을 늦추었다. 그리고 그는 그 소녀 쪽으로 성큼성큼 다가갔다. 나도 엉겁결에 멈추어 서서 그가 나보다 앞서 그 소녀에게 마차에 관해 물어보려고 한다는 사실을 눈치챘다.

나는 그러한 그의 기민한 행위로 인해 그 소녀의 마음에 나보다 그가 더 강한 인상을 남기는 게 아닌지 신경을 썼다. 그래서 나 또한 그 소녀에게 다가가 그가 질문하는 동안 그녀의 종다래끼 속을 들여다보았다.

소녀는 조금도 부끄러워하지 않고 그에게 대답했다. 그녀의 목소리는 그녀의 아름다운 눈매를 배신하듯 묘하게 갈라진 소리였다. 하지만 변성기인 듯한 소녀의 목소리는 오히려 나를 이상하게 매료시켰다.

이번에는 내가 질문할 차례였다. 나는 아까 전부터 들여다보던 종다래끼를 가리키며 머뭇머뭇 이 작은 물고기가 무슨 물고기냐고 물었다.

"후후후……."

소녀는 너무 이상해서 참을 수 없다는 듯 웃었다. 그녀를 따라 다른 소녀들도 함께 웃었다. 어지간히도 내가 묻는 게 이상했던 모양이다. 나는 그만 얼굴을 붉혔다. 그때 나는 사이구사의 얼굴에도 힐끗 짓궂은 미소가 떠오르는 것을 발견했다.

나는 갑자기 그에게 일종의 적개심 같은 것을 느끼기 시작했다.

우리는 둘 다 묵묵히 동구 밖에 있다는 승합마차 정거장으로 향했다. 그곳에 도착해서도 마차는 좀처럼 오지 않았다. 그러는 중에 비가 내리기 시작했다.

텅 빈 마차 안에서도 우리는 거의 말을 하지 않았다. 그리고 서로 상대를 기분 나쁘게 만들고 있었다. 저녁이 되어서야 겨우 안개 같은 빗속을 지나 숙소가 있다는 한 해안 마을에 도착했다. 그곳 숙소도 지난 밤의 지저분한 숙소와 비슷했다. 전날과 같은 희미한 바다풀 향기와 어렴풋한 램프 불빛이 겨우 우리 안에 있었던 지난밤의 우리를 소생시켰다. 이윽고 서로 속을 털어놓기 시작했다. 우리의 짜증은 여행지에서의 악천후에만 신경을 썼기 때문이라고 생각하려고 했다. 그리고 결국 나는 내일 기차가 출발하는 마을까지 곧장 마차로 가서 일단 도쿄로 돌아가지 않겠냐는 말을 꺼냈다. 그도 어쩔 수 없다는 듯이에 동의했다.

그날 밤은 피곤해서 우리는 곧바로 잠에 빠져들었다. 새벽녘 가까이에 나는 문득 눈을 떴다. 사이구사는 내 쪽으로 등을 돌리고 잠들어 있었다. 나는 잠옷 위로 그 척추의 작은 돌기를 확인하자 지난밤처럼 그것을 살짝 만져보았다. 그러면서 나는 갑자기 어제 다리 위에서 본 종다래끼를 손에 든 소녀의 아름다운 눈매를 떠올렸다. 그 이상한 목소리는 아직 내 귀에 남아 있었다. 사이구사가 희미하게 이를 갈았다. 나는 그 소리를 들으며 또다시 잠에 빠져들었다.

다음 날도 비가 내렸다. 어제보다 더 안개비 같았다. 부득이 우리는 여행을 중단할 결심을 했다.

빗속을 요란스러운 소리를 내며 달려가는 승합마차 안에서, 그리고 이어 탄 삼등 열차의 혼잡 속에서 우리는 가능한 서로를 괴롭히지 않으려고 노력했다. 그것은 이미 사랑이 일단락되었다는 표시였다.

그리고 나는 왠지 사이구사를 이 이상 만날 수 없을 것이라고 느끼고 있었다. 그는 몇 번이나 내 손을 잡았다. 나는 내 손을 그가 마음대로 하게 내버려 두었다. 하지만 내 귀는 때때로 어디에선가 조각조각 날아드는 그 소녀의 이상한 목소리만을 듣고 있었다.

헤어질 때는 정말 슬펐다. 나는 우리 집에 돌아가기에 편한 교외 열차로 갈아타기 위해 도중에 역에서 내렸다. 나는 혼잡한 플랫폼 위를 걸어가면서 몇 번이고 고개를 돌려 기차 안에 있는 그를 보았다. 그는 비로 축축이 젖은 차창에 얼굴을 대고 내 쪽을 보려고 하는데, 오히려 자기 숨결 때문에 유리를 뿌옇게 만들어 점점 더 내 쪽을 보이지 않게 만들고 있었다.

*

8월이 되자 나는 내 아버지와 함께 신슈(信州)의 한 호숫가로 여행을 갔다. 그리고 나는 그 후 사이구사를 만나지 않았다. 그는 그 호숫가에 체류 중인 내게 미치 러브레터 같은 편지를 부내왔다. 하지만 나는 점점 그 편지에 답장을 보내지 않게 되었다. 이미 소녀들의 이상한 목소리가 내 사랑을 바꾸고 있었다. 나는 그의 최근 편지로 그가 병에 걸렸다는 사실을 알았다. 척추 카리에스가 재발한 모양이었다. 그래도 결국 나는 편지를 보내지 않았다.

가을 학기가 시작되었다. 호숫가에서 돌아오자 나는 다시 기숙사로 들어왔다. 하지만 그곳은 모든 게 변해 있었다. 사이구사는 어딘가의 해안으로 요양하러 갔다. 우오즈미는 이제 나를 아는 척도 하지 않았다.……겨울이 되었다. 살얼음이 언 어느 날 아침, 나는 교내 게시판에서 사이구사가 죽었다는 공지를 보았다. 나는 그것을 모르는 사람이라도 보는 양 멍하니 응시하고 있었다.

*

그리고서 몇 년이 지났다.

수년간 나는 가끔 그 기숙사에서의 일을 떠올렸다. 그리고 나는 그곳에 내 소년 시절의 아름다운 피부를, 마치 관목 가지에 걸려 있는 뱀의 투명한 허울처럼 아낌없이 벗어버리고 온 듯한 기분이 들었다. 그리고 그동안 나는 얼마나 많은 기묘한 목소리를 가진 소녀들을 만났던가! 하지만 그 소녀들은 모두 나를 괴롭혔다. 게다가 나는 그녀들로 인한 괴로움을 너무나 사랑한 나머지 돌이킬 수 없는 타격을 입었다.

나는 심한 객혈을 한 후 예전에 내 아버지와 여행한 적이 있는 큰 호숫가 근처의 어느 고원 요양원에 들어갔다. 의사는 내가 폐결핵이라고 진단했다. 하지만 그런 건 아무래도 좋다. 그저 장미가 톡 하고 그 꽃잎을 떨어뜨리는 것처럼 나 또한 장밋빛 뺨을 영원히 잃어버렸을 뿐이다.

내가 들어간 요양원에 있는 '자작나무'라는 병동에는 나 외에는 열대여섯으로 보이는 소년밖에 없었다.

그 소년은 척추 카리에스 환자였는데 이미 완전히 회복기에 들어

서서 날마다 몇 시간씩 베란다에 나와서는 부지런히 일광욕을 하고 있었다. 내가 침대에서 일어나지 못한다는 것을 알자, 그 소년은 때때로 내 병실에 문안을 오게 되었다. 언젠가 나는 그 소년의 검게 탄, 그리고 입술만 희미하게 붉은색을 한 갸름한 얼굴 아래로 죽은 사이구사 얼굴이 희미하게 보인다는 것을 깨달았다. 그때부터 나는 가능한 그 소년의 얼굴을 보지 않으려 했다.

어느 날 아침, 나는 문득 침대에서 일어나 조심조심 창가까지 걸어가 보고 싶어졌다. 그만큼 그날은 기분 좋은 아침이었다. 나는 그때 내 병실 창문 맞은편 베란다에 그 소년이 팬티도 입지 않고 알몸으로 일광욕하고 있는 것을 발견했다. 그는 약간 몸을 앞으로 구부리고 자신의 몸 한 부분을 빤히 바라보고 있었다. 그는 누군가 자신을 보고 있다고는 전혀 생각하지 않는 듯했다. 내 심장은 격렬하게 요동쳤다. 그리고 그를 좀 더 자세히 보려는 마음에 근시였던 나는 눈을 가느다랗게 떴다. 그의 새까만 등에는 사이구사와 마찬가지로 특유의 돌기 같은 것이 있었다.

나는 갑자기 현기증을 느끼면서 겨우 침대로 돌아와 그 위에 쓰러졌다.

며칠 후 소년은 그가 내게 준 큰 타격에 대해 조금도 알아차리지 못한 채 퇴원했다.

밀짚모자

　나는 열다섯 살이고, 너는 열세 살이었다,

　나는 클로버 꽃이 무성하게 핀 들판에서 너의 오빠들과 야구 연습을 했다. 너는 네 어린 남동생과 함께 저 멀리서 우리 연습을 보며, 흰 꽃을 따서 화환을 만들고 있었다. 공이 날아오고 나는 열심히 달린다. 공이 글러브에 닿는다. 발이 미끄러진다. 내 몸이 빙그르르 돌아 들판에서 논 가운데로 추락한다. 나는 시궁쥐가 된다.

　나를 근처 농가 우물가로 데려간다. 나는 거기서 벌거숭이가 된다. 누가 네 이름을 부른다. 너는 양손으로 소중히 화환을 받들며 달려온다. 벌거숭이가 된다는 것은 정말 사람의 관점을 확 바꿔 놓는 일이다! 지금까지 어린 소녀로만 생각했던 네가 갑자기 어엿한 숙녀가 되어 내 눈앞에 나타난다. 벌거숭이인 나는 갑자기 어찌할 바를 모르다가 겨우 내 글러브로 나의 남성을 감춘다.

　부끄러워하는 나와 너, 둘만을 남긴 채 다른 사람들은 여전히 공 연습을 하러 가버린다. 그리고 나를 위해 진흙투성이가 된 바지를 빨아 주는 너에게 창피함을 감추고자 일부러 대신 들고 있던 화환을 내 모자 대신 익살스럽게 써 보이거나 한다. 그리고 마치 고대 조각상처럼 그곳에 부동의 자세로 우뚝 멈춰 서 있다. 새빨간 얼굴을 하고…….

*

여름방학이 왔다.

기숙사에서는 그 해 봄에 막 입실한 어린 학생들이 한 떼의 왕벌처럼 윙윙대며 떠나갔다. 각자의 들장미를 향해…….

하지만 나는 어쩌나! 내게는 내 시골이 없다. 내가 태어난 집은 도시 한가운데에 있다. 게다가 나는 외동아들이었고 겁쟁이였다. 그래서 아직 부모 곁을 떠나 혼자 여행하는 일은 엄두도 못 낸다. 하지만 이번에는 지금까지와는 사정이 조금 달라졌다. 한 단계 위 상급학교에 들어갔고, 시골에 가서 소녀 한 명을 찾아오라는 여름방학 숙제를 받았다.

그 시골로 혼자 갈 수 없어 나는 도시 한 가운데에서 기적이 일어나길 기다리고 있었다. 그것은 헛된 일이 아니었다. 여름 한 철을 보내려고 C 현의 어느 해안에 가 있던 네 오빠한테서 생각지도 못한 초대 편지가 도착한 것이다.

오, 나의 그리운 소꿉친구여! 나는 내 추억 속을 더듬는다. 먼저 둘 다 나보다 나이가 몇 살 위인, 새하얀 운동복을 입은 너의 오빠들 모습이 떠오른다. 매일같이 나는 그들과 야구 연습을 했다. 어느 날 나는 논에 떨어졌다. 화환을 손에 들고 있던 너의 옆에서 나는 벌거숭이가 되었다. 내 얼굴은 새빨개졌다. 이윽고 그들은 둘 다 지방에 있는 고등학교로 가 버렸다. 벌써 이래저래 3, 4년이 지났다. 그 후로 그들과 놀 기회도 그리 많지 않아졌다. 그동안 나는 너랑 종종 시내에서 마주쳤다. 아무 말 없이 그저 얼굴만 붉히며 서로 고개 숙여 인사했다. 너는 여학교 교복을 입고 있었다. 스쳐 지나갈 때 너의 작은 구두 소리를 들었다.

　나는 부모님께 그 바닷가에 가겠다고 졸랐다. 그리고 겨우 일주일 머물 것을 허락받았다. 나는 수영복과 글로브로 가득 찬 바구니를 무거운 듯이 늘어뜨리며 두근대는 심장을 안고 출발했다.

　그것은 T……라는 이름의 아주 작은 마을이었다. 너희는 여러 화초로 울타리가 쳐진 어느 농가의 아담한 별채를 빌려 생활하고 있었다. 내가 도착했을 때 너희는 해안가에 가 있었다. 그리고 너의 어머니와 내가 잘 모르는 너의 언니 둘이서만 집을 보고 있었다.

　나는 해안가로 가는 길을 묻고는 곧바로 맨발이 되어 솔밭 사이의 샛길을 달음박질쳤다. 달구어진 모래에서 마치 빵 굽는 듯한 좋은 냄새가 났다.

　해안가는 햇살이 가득 차 눈부셔서 아무것도 안 보일 정도였다. 그리고 그 햇살 사이로는 요정이라도 되어야 그 안에 들어갈 수 있을 것 같았다. 나는 눈이 보이지 않는 사람처럼 손을 허우적거리며 그 안으로 조심조심 발을 들이밀었다.

꼬마들이 모래 속에 열심히 파묻고 있는 한 반라의 소녀가 어렴풋이 내 눈에 들어온다. 너일지도 모르겠다 싶어 가까이 다가간다. 그러자 커다란 수영모 뒤로 내가 모르는 검고 작은 얼굴이 힐끗하고 이쪽을 쳐다본다. 그리고 다시 모르는 척 원래대로 작은 얼굴을 수영모 안으로 파묻는다. 그 모습이 내 발을 못 움직이게 한다.

내 발은 흘러내리는 모래에 빠지고 있었다. 나는 바다를 향해 아무 말이나 내질렀다. "헬로우!"라고, 눈이 부셔 전혀 보이지 않는 그 바다 한가운데서 누군가 내 말에 "헬로우! 헬로우!" 하고 응답했다.

나는 서둘러 옷을 벗는다. 그리고 수영복 차림으로 눈이 보이지 않는 사람처럼 그 소리가 나는 방향으로 뛰어드는 자세를 취한다.

그 순간 바로 내 발 언저리에서도 "헬로우……!"하는 소리가 들린다.

나는 돌아본다. 이번에는 나도 그 소녀가 모래 속에서 몸을 반쯤 일으켜 미소 짓는 모습이 잘 보인다.

"뭐야, 너였어?"

"모르셨다는 거예요?"

수영복이란 게 참 이상하다. 그것 한 장 걸치자마자 나는 요정의 친구가 된다. 나는 몸이 가벼워지고 지금까지 전혀 보이지 않았던 것이 홀연히 보이기 시작한다.

시골살이는 도시에서 어려워 보이는 사랑법도 지극히 간단하다는 걸 알게 해 준다. 한 소녀의 마음에 들기 위해서는 소녀 가족의 행동양식을 그대로 받아들이는 것이 좋다. 그리고 그것은 네 가족과 함께 사는 나한테는 쉬운 일이었다. 네가 가장 마음에 들어 하는 젊은이들이 너의 오빠들이라는 것을 나는 손쉽게 알 수 있었다. 그들은 스포츠를 아주 좋아했다. 그래서 나도 될 수 있는 대로 액티브한 사람이 되고자 했다. 또 그들은 네게 친근하면서도 심술궂게 행동했다. 나도 그들을 따라 온갖 놀이에서 너를 빼놓았다.

네가 어린 남동생과 물가에서 놀고 있는 동안 나는 너의 마음에 들기 위해 앞바다에서 너의 오빠들과 헤엄치고 있었다.

물이 너무 깨끗해서 앞바다에서는 우리가 헤엄치는 모습이 물고기 그림자와 함께 물 밑바닥까지 비치고 있었다. 덕분에 하늘에 그와 비슷하게 생긴 구름이 떠 있을 때는 그 또한 우리 그림자가 하늘로 옮겨간 게 아닐까 하는 생각마저 들었다.

우리의 시골집은 동전 한 닢의 앞뒤처럼 여러 가축 축사와 마주 보고 있었다. 가축들은 때로 교미를 했다. 그로 인한 비명이 우리가 있는 데까지 들렸다. 집 뒤쪽 쪽문 밖으로 나오면 거기에는 작은 목장이 있었고, 언제나 소 부부가 풀을 뜯고 있었다. 저녁이 되면 그들은 어딘지 모르게 자취를 감춘다. 그 후에 우리는 늘 캐치볼을 했다. 그러면 너는 어떨 때는 언니와, 어떨 때는 어린 남동생과 그곳까지 놀러 나왔다. 너는 멀리서 꽃을 뜯거나 배운지 얼마 안 된 찬미가 등을 부르면서 언제부터 있었나 싶게 그 자리에 있었다. 종종 네가 막히면 너의 언니가 작은 소리로 노래를 이어갔다. 아직 여덟 살밖에 되지 않은 너의 어린 남동생은 늘 네 옆에 찰싹 붙어 있었다. 그가 우리 사이에 끼기에는 너무나 작았다. 그런 작은 남동생에게 매일 한 번씩 뽀뽀하는 것이 너의 일과 중 하나였다. "오늘은 아직 한 번도 안 해 줬구나……." 하며 너는 그 어린 남동생을 끌어당겨 우리가 있는 앞에서도 아무렇지 않게 뽀뽀했다.

나는 투구 동작을 계속하며 그 모습을 곁눈질로 지켜본다.

그 목장 맞은편은 보리밭이었다. 보리밭과 보리밭 사이에는 작은 강이 흐르고 있었다. 자주 그곳으로 낚시를 하러 갔다. 너는 우리 뒤에서 장대를 어깨에 걸친 어린 남동생과 함께 종다래끼를 손에 들고 따라왔다. 내가 지렁이를 무서워해서 너의 오빠들이 지렁이를 낚싯대에 달아주었는데 내 지렁이는 금방 물고기들한테 먹혀버렸다. 그러자 결국 그들은 나를 귀찮아하며 옆에서 보고 있는 너에게 그 역할을 떠맡겼다. 너는 나같이 지렁이를 무서워하는 사람은 아니라서 지렁이를 내 낚싯대에 달아주기 위해 내 쪽으로 몸을 굽힌다. 너는 붉은 버찌 장식이 달린 나들이용 밀짚모자를 썼다. 그 부드러운 모자 테두리가 내 볼을 살짝 스쳐 간다. 나는 너에게 정신이 빼앗기지 않도록 깊게 호흡한다. 하지만 너는 아무 냄새도 나지 않는다. 밀짚모자에서 그저 그을린 냄새가 어렴풋이 날 뿐. 나는 뭔가 아쉽고 왠지 네게 속고 있는 듯한 기분마저 들었다.

아직 그리 개발되지 않은 T 마을에는 피서객으로 보이는 사람들이 우리 외에 거의 없을 정도였다. 우리는 그 작은 마을에서 꽤 인기가 있었다. 해안가에 있으면 늘 우리 주변에는 사람들이 몰려왔다. 그렇게 마을의 선량한 사람들은 나를 네 오빠라고 잘못 알기까지 했고, 그것은 내 기분을 점점 고조시켰다.

그뿐만 아니라 아이들이 귀찮아할 정도의 애정 방식을 보이는 우리 어머니와는 달리 너의 어머니는 나를 그 아이들을 다루는 것처럼 꽤 무심하게 다루었다. 그런 점이 그녀도 나를 마음에 들어 한다고 믿게 했다.

예정된 일주일은 이미 지났다. 하지만 나는 도시로 돌아가려고 하지 않았다.

아, 내가 너의 오빠들을 본받아 네게 심술궂게만 굴었다면 이런 실패는 하지 않았을 텐데! 어쩌다 내게 마가 끼었다. 나는 정말이지 단 한 번이라도 너와 둘이서만 놀고 싶었다.

"테니스 할 줄 알아요?"

어느 날 네가 내게 말했다.

"아, 조금은⋯⋯."

"그럼 나랑 딱 치기 좋을 정도인가? 그럼 해 보지 않을래요?"

"하지만 라켓도 없고 도대체 어디서 하는 거지?"

"초등학교에 가면 다 빌려줄 거예요."

그것이 너와 단둘이 놀기에는 안성맞춤의 기회인 것 같아 나는 그 기회를 놓치지 않으려고 금세 들킬 거짓말을 했다. 나는 아직 한 번도 라켓을 손에 쥔 적이 없던 것이다. 하지만 소녀 상대쯤이라면 그런 건 금방 할 수 있으리라 생각했다. 너의 오빠들이 늘 테니스 따위! 하며 경멸했었으니까. 하지만 그들에게도 우리랑 같이 가자고 권해서 함께 초등학교에 가게 되었다. 그곳에 가면 투포환을 할 수 있기 때문이다.

초등학교 교정에는 협죽도꽃이 한창이었다. 그들은 곧바로 그 나무 그늘에서 투포환을 하기 시작했다. 나랑 너는 그곳에서 조금 떨어진 곳에 분필로 선을 긋고 네트를 치고 나서 라켓을 쥐고 자못 진지한 표정으로 마주 보았다. 하지만 막상 해 보니 네가 치는 공이 생각보다 세서 내가 받아치는 공이 대부분 네트에 걸려버렸다. 대여섯 번 해 보더니 너는 화난 표정으로 라켓을 던져 버렸다.

"이제 그만요."

"왜?"

나는 조금 흠칫 놀랐다.

"그야 전혀 진지하게 안 하시잖아요? 시시해요."

그리고 보니 내 거짓말이 들통난 것이 아니었다. 하지만 네 그런 오해가 나를 괴롭힌 것은 그 이상이었다. 오히려 그런 박정한 놈이 되기보다 거짓말쟁이가 되는 편이 낫다.

나는 뿌루퉁한 얼굴로 아무 말도 하지 않고 땀을 닦고 있었다. 아무래도 아까 전부터 그 협죽도 분홍 꽃이 너무 거슬린다.

요 이삼일, 너는 헐렁한 회색 수영복을 입고 있다. 너는 그걸 입기 싫어했다. 지금까지 입었던 너의 수영복에는 왜 그렇게 됐는지 가슴

부근에 큰 심장 모양의 구멍이 뚫려버렸고, 너는 급한 대로 바다에 별로 안 들어가는 너의 언니 옷을 빌려 입은 것이다. 이 마을에서는 새 수영복 같은 건 구할 수 없었고, 사려면 10리쯤 떨어진 역 있는 마을까지 가야만 했다. 그래서 어느 날 나는 테니스 때 실패를 만회하려고 스스로 심부름꾼을 자청했다.

"어디 자전거 빌려줄 데 없을까?"

"이발소라면……."

나는 큰 수영모를 쓰고 뙤약볕 아래에서 이발소의 낡은 자전거를 타고 출발했다.

그 동네에서 나는 양품점 여러 채를 뒤졌다. 소녀용 수영복 쇼핑하는데 얼마나 내 정신이 팔렸던지! 나는 네게 어울릴 만한 수영복을 훨씬 이전에 찾았음에도 그저 나 자신을 만족시키기 위해 계속해서 그걸 찾고 있는 척했다. 그리고 나는 우체국에서 어머니 앞으로 전보를 쳤다. "봉봉 보내 줘."

그렇게 나는 땀범벅이 되어 결승점에 다가갈 때의 선수 모습처럼 필사적으로 페달을 밟으며 마을로 돌아왔다.

그리고 이삼일이 지났다. 어느 날 우리는 해안에 누워 차례대로 서로를 모래 속에 묻는 놀이를 하고 있었다. 내 차례였다. 나는 전신이 모래에 묻혀 겨우 얼굴만 모래 바깥으로 내밀고 있었다. 네가 그 세부적인 디테일을 마무리하고 있었다. 나는 네가 하는 대로 몸을 맡기고 있었고, 아까부터 저 너머 큰 소나무 밑에 우리 쪽을 보고 웃으며 이야기하는 부인 두 명이 있다는 것을 어렴풋하게 인지하고 있었다. 그중 수영모를 쓴 분은 너의 어머니 같았다. 또 한 분은 이 마을에서는 여태 본 적이 없는 부인으로 보였다. 검은 양산을 들고 있었다.

"이런, 오빠네 어머님이에요." 너는 수영모의 모래를 털어내며 일어났다.

"흠……." 나는 관심 없다는 듯 대답했다. 그렇게 모두가 일어났는데 나 혼자만 계속해서 모래 속에 파묻혀 있었다. 나는 심장이 두근거렸다. 내가 숨어 있다는 걸 곧 들킬 것 같았다. 그리고 그 두근거림이 모래 가운데 떠 있는 내 얼굴을 아주 기묘하게 만드는 것 같았다. 나는 차라리 그런 얼굴도 모래 속에 파묻고 싶어졌다! 왜냐하면 나는 시골에서 내 어머니에게 편지를 보낼 때마다 일부러 슬픔에 빠져 있는 듯이 써서 보냈기 때문이다. 그러는 편이 어머니 마음에 들 것 같았다. 어머니는 내가 자기한테 멀리 떨어져 있다는 이유로 슬픔에 빠져 있다고 생각해서 나를 데리러 온 게 아닐까? 그런데도 나는 어머니 몰래 한 소녀 때문에 이렇게 행복 속에 파묻혀 있는 것이다! 어라? 잠깐만. 방금 행동을 보면 너는 우리 어머니를 알고 있었던 모양인데! 그럴 리 없을 텐데……. 나는 모래 속에서 몰래 다른 사람들의 모습을 살피고 있다. 어쩐지 내 어머니와 너희들 가족은 꽤 전부터 알던 사이인 것 같다. 나는 도무지 영문을 알 수 없다. 이래서는 속이려고 했던 내 쪽이 반대로 우리 어머니에게 한 방 먹은 게 아닌가? 순간 나는 모래를 털어내며 일어났다. 이번에는 거꾸로 이쪽에서 어머니가 숨기고 있는 걸 찾아낼 테다! 그래서 나는 일행의 뒤를 따라 집 쪽으로 가며 너를 넌지시 떠보았다.

"어떻게 우리 어머니를 아는 거지?"

"그야 오빠 어머니는 운동회 때 늘 오시잖아요? 우리 어머니와 함께 나란히 보고 계셨죠."

나는 그런 걸 전혀 몰랐다. 왜냐하면 나는 초등학생 시절부터 어머니가 사람들 앞에서 내게 말을 거는 것조차 아주 부끄러웠기 때문이다. 그래서 나는 어머니에게서 숨으려고만 했었다.

그리고 지금도 그랬다. 우물가에서 모두가 몸을 씻은 후에도 나는 그곳에서 계속 우물쭈물하고 있었다. 그저 어머니로부터 숨고 싶다는 생각뿐이었다. 우물가에 쭈그리고 있자니 내 키만큼 자란 달리아 덕분에 멀리에서도 이쪽이 보이지 않았다. 그래도 맞은 편 이야기 소리는 손에 잡힐 듯 잘 들린다. 내 전보 봉봉 이야기였다. 너를 포함한 모두가 크게 웃었다. 나는 부끄러운 듯 귀에 꽂아 두었던 궐련을 피우기 시작했다. 나는 궐련 연기에 여러 번 목이 메었다. 그리고 그것은 내 수치심을 얼버무렸다.

누군가가 내 쪽으로 다가오는 발소리가 났다. 그것은 너였다.

"뭐 하고 있어요? 이제 어머니가 돌아가시니까 빨리 오시래요."

"이거 한 대 피우고……."

"아이고!"

너는 나와 눈이 마주치자 힐끗 웃었다. 그 순간 우리한테는 어쩐지 별채 쪽이 갑자기 정적이 감도는 듯한 느낌이 들었다.

어머니는 모처럼 봉봉 등 이것저것 싸다 주었는데, 자기한테 변변히 말도 붙여 주지 않는 아들 쪽을 보며 돌아가는 차 안에서 몇 번이고 뒤돌아보았다. 정말 그녀의 친아들인지 어떤지 확인이라도 하는 모양새였다. 그런 어머니 모습이 완전히 보이지 않게 되자 아들은 겨우, 그러나 자기 자신도 듣고 싶지 않은 것처럼 입속으로 "어머니, 미안해요."하고 혼잣말을 했다.

바다는 날마다 거칠어갔다. 매일 아침 해변으로 밀려드는 표류물 양이 갑자기 늘어나기 시작했다. 우리는 바다에 들어가자 곧바로 해파리에 쏘였다. 우리는 그런 날은 바다에서 헤엄치지 않고 해변에 널려 있는 조개껍데기를 주우러 멀리까지 갔다. 그렇게 모은 조개껍데기가 꽤 되었다.

출발하기 며칠 전, 내가 캐치볼로 더러워진 손을 우물가에 씻으러 가려는데 거기서 네가 너의 어머니에게 야단맞고 있었다. 나는 그게 나에 관한 일이라는 느낌이 들었다. 그걸 듣고 있기에는 좀 용기가 필요했다. 소심한 나는 풀이 죽어 발길을 돌렸다. 나는 나중에 혼자서 몰래 그 우물가에 가 보았다. 그리고 그 구석에 내 수영복이 뭉쳐진 채 내팽개쳐져 있는 것을 보았다. 나는 헉하고 놀랐다. 평상시라면 내 수영복을 거기에 두면 네가 오빠들 수영복과 함께 헹군 뒤 말려 주었다. 그 일로 네가 방금 네 어머니에게 야단맞은 걸로 보인다. 나는 그 수영복을 소리 나지 않도록 살짝 물을 짜서 평상시처럼 줄에 걸어두었다.

다음 날 아침 나는 모래 탓에 꺼끌꺼끌한 수영복을 입고 시치미를 떼고 있었다. 기분 탓인지 너는 조금 우울해 보였다.

드디어 휴가가 끝났다.

나는 너의 가족과 함께 돌아갔다. 기차 안에는 피서지에서 돌아오는 새까맣게 탄 얼굴을 한 소녀들이 여러 명 타고 있었다. 너는 그 소녀들 한 명 한 명과 누가 더 검은지를 비교했다. 그리고 네가 제일 검다고 의기양양해 있는 것 같았다. 나는 조금 실망했다. 하지만 비스듬히 쓰고 있는 붉은 버찌 장식이 달린 네 밀짚모자는 네 그 검고 천진난만한 얼굴에 꽤 잘 어울렸다. 그래서 나는 그 일에 대해 그리 슬퍼하지는 않았다. 만약 기차 안의 내가 너무 슬픈 듯이 보였다면 그건 내가 내 숙제 마지막 부분이 신통치 않다는 것을 생각하고 있었던 탓이다. 나는 우연히 네 어머니가 다음 역에 도착하면 샌드위치라도 살까 하고 아들들에게 말하는 걸 들었다. 나는 꽤 짜증이 나 있었다. 그리고 나만 따돌림받는 게 아닌지 걱정했다. 다음 역에 도착하자 나는 제일 먼저 플랫폼에 뛰어내려 혼자 샌드위치를 잔뜩 사 왔다. 그리고 나는 그걸 너희들에게 나누어 주었다.

*

가을 학기가 시작되었다. 너의 오빠들은 지방에 있는 학교로 돌아갔다. 나는 다시 기숙사로 들어왔다.

나는 일요일마다 우리 집으로 돌아갔다. 그리고 어머니를 만났다. 요즈음 나와 어머니의 관계는 조금씩 비극적인 성질을 띠기 시작했다. 서로 사랑하는 관계가 계속 균형을 이루려면 양쪽이 함께 성장해 가는 게 필요하다. 하지만 그것은 어머니와 자식 경우에는 어려운 법이다.

기숙사에서의 나는 어머니에 관해서 거의 생각하지 않았다. 나는 어머니가 언제까지나 어머니일 거라고 믿을 수 있었기 때문이다. 하지만 그동안 어머니는 나로 인해 계속 불안해하고 있었다. 그 일주일 동안 갑자기 내가 성장해서 그녀가 전혀 모르는 청년이 되어버리는 게 아닌가 하고 신경을 썼다. 그래서 내가 기숙사에서 돌아오자 그녀는 내 안에 있는 예전의 아이다운 느낌을 찾을 때까지 안절부절못했다. 그리고 그녀는 그것을 인공적으로 배양했다.

만약 내가 그런 천진난만함이 어울리지 않는 나이에 아직 그런 어린아이 같은 데가 있어서 불행한 인간이 된다면 어머니, 그건 당신 탓이다.

어느 날 일요일, 내가 기숙사에서 돌아와 보니 어머니는 여느 때처럼 머리를 마루마게로 틀지 않고 낯선 모양인 소쿠하쓰로 묶고 있었다. 나는 그걸 보며 조금 걱정스러운 듯 어머니에게 말했다.

"어머니한테는 그런 머리형 전혀 안 어울려요……."

그 이후로 어머니는 그 머리형을 일절 하지 않았다.

그래도 나는 기숙사에서 매일 어른이 되기 위해 연습했다. 나는 어머니 말을 듣지 않고 머리를 기르기 시작했다. 그걸로 내 어린아이 같은 면을 감추려고 하는 것처럼. 그렇게 나는 어머니를 억지로 잊으려 하며 내가 싫어하는 담배 연기로 자신을 일부러 괴롭혔다. 때때로 나와 같은 방을 쓰는 사람들에게 여자가 쓴 익명의 편지가 왔다. 모두 그들 주변을 둘러쌌다. 그들은 번갈아 얼굴을 붉히며 거짓말을 반쯤 섞어서 그 익명의 소녀에 대해 이야기했다. 나도 매일 시샘하면서도 그들 사이에 끼고 싶어서 어쩌면 네가 익명으로 내게 보낼지 모를 편지, 그런 올 리 없는 편지를 기다리고 있었다.

어느 날, 내가 교실에서 돌아오자 내 책상 위에 여자가 쓸 법한 작은 봉투가 놓여 있었다. 심장을 두근대며 그 봉투를 손에 집어 드니 그것은 네 언니로부터 온 편지였다. 내가 얼마 전, 답장을 받고 싶은 마음에 여학교를 졸업하고서도 영어 공부를 하던 네 언니에게 양서를 두세 권 보낸 데에 대한 감사의 편지였다. 하지만 고지식한 네 언니는 누가 봐도 알 수 있게 자신의 이름을 써서 보냈다. 그것이 모두의 호기심을 자극하지 않았던 것으로 보인다. 나는 그 편지에 대해서 그저 시원스레 놀림당했을 뿐이었다.

그리고서 종종 나는 그런 편지라도 받고 싶은 마음에 네 언니에게 여러 책을 보내 주었다. 그러면 네 언니는 꼭 내게 답장을 주었다. 아, 그 편지에 그 꼼꼼한 서명이 없다면 정말 좋을 텐데!

아무리 시간이 지나도 익명의 편지는 내게 오지 않았다.

그러는 사이에 여름이 한 바퀴 돌아 다시 찾아왔다.

나는 너희들에게 초대받아 다시 T 마을을 방문했다. 나는 작년 모습 그대로인 예쁘고 아담한 마을을, 그리고 그 마을 구석구석에 가득 차 있는 작년 여름의 추억을 다시금 찾아냈다. 하지만 나 자신을 보자면 작년과는 조금 다르게, 특히 너희 가족의 나에 대한 태도에는 꽤 신경질적이 되어 있었다.

그렇다고 해도 이 일 년이 채 되지 않는 사이에 너는 정말 완전히 변해 버렸다! 얼굴 생김새도 몰라볼 정도로 우울한 사람 같아 보였다. 그리고 이제 작년처럼 친근하게 내게 말을 걸어 주지도 않는다. 옛날 너를 그렇게나 사랑스럽게 보이게 했던 붉은 버찌가 달린 밀짚모자도 쓰지 않고 아가씨처럼 머리를 포도 알맹이 모양으로 따고 있었다. 회색 수영복을 입고 해안에 나오는 일은 있어도 작년처럼 우리에게 따돌림당해도 우리를 집요하게 쫓아다니지도 않고 그저 어린 남동생의 놀이 상대가 되어 줄 뿐이었다. 나는 왠지 너에게 크게 배신당한 기분이었다.

너는 네 언니와 함께 일요일마다 마을의 작은 교회에 다니게 되었다. 그러고보니 너는 갑자기 너의 언니를 닮기 시작한 것 같다. 너의 언니는 나와 동갑이었다. 늘 머리를 감고 난 것 같은 불쾌한 냄새를 풍기고 있었다. 하지만 정말 마음씨 좋고 얌전해 보이는 사람이었다. 그리고 온종일 영어를 공부하고 있었다.

네가 숙녀가 되어감에 따라 갑자기 그때까지 오빠들에게 받은 영향과 언니의 영향이 뒤바뀌어진 걸까? 그렇다 해도 네가 무슨 일이 있을 때마다 나를 피하려는 듯이 보이는 건 왜 그럴까? 나는 그걸 모르겠다. 혹시 너의 언니가 몰래 나를 좋아하고 있는 걸 네가 알고 너 자신을 희생하려고 하는 건 아닐까? 거기까지 생각이 미치자 나는 문득 얼굴을 붉히며 너의 언니와 두세 번 교환한 편지에 대해 떠올린다…….

너희들은 교회에 있는 동안 마을 청년들이 지나다니는 길목에서 추잡한 말로 놀린다며 싫어했다.

어느 일요일, 너희들의 찬송가 연습 시간에 나는 너의 오빠들과 그 교회 구석에 숨어 각자 방망이를 들고 마을 악당들을 기다리고 있었다. 그들은 아무것도 모른 채 여느 때처럼 하얀 이를 드러내고 너희들을 놀리러 왔다. 너의 오빠들이 창문을 확 열고 무서운 기세로 그들에게 호통을 쳤다. 나도 그 흉내를 냈다. 기습공격을 당한 그들은 허둥거리며 쏜살같이 흩어져 도망갔다.

나는 마치 혼자 그들을 쫓아낸 것처럼 기세등등했다. 나는 너희들로부터 포상이라도 받고 싶은 사람처럼 너희가 있는 쪽을 돌아보았다. 그러자 혈색 나쁜 바짝 야윈 한 청년이 너와 어깨를 나란히 맞대고 서 있는 모습이 눈에 들어왔다. 그는 두려움에 찬 눈빛으로 우리 쪽을 보고 있었다. 나는 왠지 가슴이 두근거렸다.

나는 그 청년을 소개받았다. 나는 일부러 냉담한 척하며 약간 머리를 숙일 뿐이었다.

그는 그 마을의 포목전 아들이었다. 그는 병으로 중학교를 중퇴하고 이런 시골에 틀어박혀 강의록 따위에 의지해 독학하고 있었다. 그래서 그보다 훨씬 나이가 아래인 나에게 내 학교 모습 등에 관해 듣고 싶어 했다.

그 청년이 너의 오빠들보다도 내게 호의를 보이는 걸 곧바로 알아차렸지만 나는 그를 그리 좋아하지 않았다. 만약 그가 내 경쟁자로 나타난 게 아니라면 나는 그를 쳐다보지도 않았을 것이다. 하지만 그를 마음에 두고 있는 듯한 너의 모습을 누구보다 빨리 눈치챈 것은 나였다.

그 청년의 출현이 묘약처럼 나를 혈기 왕성한 젊은이로 만들었다. 요즈음 조금 우울한 모습으로 다니던 나는 다시 원래처럼 쾌활한 소년이 되어 너의 오빠들과 수영을 하기도 하고 캐치볼도 하기 시작했다. 실은 그런 점이 내 고통을 잊기 위한 것임을 스스로 잘 알고 있었다. 올해 아홉 살이 된 네 어린 남동생도 요즈음 우리 패거리에 끼기 시작했다. 그리고 그 아이조차 우리를 따라 너를 따돌렸다. 그래서 너를 한 그루 커다란 소나무 아래 내팽개쳐두었다. 늘 그 청년과 함께 둘이서만!

나는 그 큰 소나무 그늘에 너희들을 폴과 비르지니처럼 남겨둔 채 어느 날 혼자 앞서 그 마을을 떠났다.

나는 출발하기 이삼일 전 혼자서 유난히 떠들어대며 돌아다녔다. 내가 없어진 뒤에 너희들의 시골살이가 얼마나 외로워지는지 가능한 한 너희에게 알리고 싶다는 어리석은 생각에서였다…… 그러다 보니 나는 완전히 지친 몸으로 몰래 울며 출발하게 되었다.

가을이 되자 그 청년이 갑자기 내게 장문의 편지를 보내왔다. 나는 그 편지를 읽으며 뿌루퉁한 표정을 지었다. 그 편지 끝부분에는 네가 출발할 때 인력거 위에서 그가 있는 쪽을 쳐다보며 이제라도 울음을 터뜨릴 것 같은 표정을 지었던 것이 마치 전원소설의 에필로그처럼 쓰여 있었기 때문이다. 하지만 나는 그 소설의 감상적인 주인공들을 몰래 부러워했다. 하지만 왜 그는 내게 그녀에 대한 사랑을 고백한 걸까? 나에 대한 도전장을 보낼 생각이었나? 그렇다고 한다면 그 편지는 확실히 효과적이었다.

그 편지가 내게 최후의 일격을 가했다. 나는 괴로웠다. 하지만 그 괴로움이 나를 참을 수 없게 매료시킬 만큼 그때는 아직 나도 어린아이였다. 나는 기꺼이 너를 포기했다.

나는 그때부터 굶주린 사람처럼 게걸스럽게 시와 소설을 읽기 시작했다. 나는 온갖 스포츠에서 멀어졌다. 나는 몰라볼 정도로 우울한 소년이 되었다. 우리 어머니는 차츰 나를 걱정하기 시작했다. 어머니는 내 마음속을 슬며시 들추어보았다. 그리고 거기에서 두 소녀의 영향을 발견한다. 하지만 아, 어머니가 오는 것은 언제나 너무 늦다!

나는 어느 날 갑자기 내가 들어가기로 한 의대를 포기하고 문과로 가고 싶다는 뜻을 어머니에게 밝혔다. 어머니는 그 말을 들으며 그저 어이없어할 뿐이었다.

그것이 그 가을의 마지막 날인가 싶은, 어느 날의 일이었다. 한 친구와 학교 뒤편의 좁은 비탈길을 오르고 있을 때, 언덕 위에서 가을 햇살을 받으며 두 명의 여학생이 내려오는 것을 보았다. 우리는 공기처럼 스쳐 지나갔다. 그중 한 명이 아무래도 너 같았다. 스쳐 지날 때 나는 문득 그 소녀의 아무렇게나 땋은 머리에 눈이 갔다. 가을 햇살에 희미한 향기가 났다. 나는 그 희미한 햇살 향기에 언젠가 맡았던 밀짚모자 냄새를 떠올렸다. 나는 숨이 아주 거칠어졌다.

"무슨 일이야?"

"아니, 좀 아는 사람 같아서……, 그런데 역시 아니야,"

*

그 다음 여름방학에 나는 전부터 알던 한 유명한 시인의 손에 이끌려 어느 고원에 갔다.

그 고원에 여름마다 모이는 피서객의 대부분은 외국인이나 상류사회 사람들뿐이었다. 호텔 테라스에는 언제나 외국인들이 영어로 된 신문을 읽거나 체스를 하고 있었다. 낙엽송 수풀 속을 걷고 있자니 갑자기 뒤에서 말발굽 소리가 났다. 테니스 코트 부근은 매일 소란스러워 마치 야외무도회가 열리고 있는 듯했다. 바로 뒤 교회에서는 피아노 소리가 끊임없이 들렸다…….

매년 여름을 그 고원에서 보내는 그 시인은 거기서 많은 소녀와 아는 사이인 것 같았다. 나는 그 시인에게 인사하며 지나가는 몇몇 소녀 중 한 명이 언젠가 내 연인이 될 것을 남몰래 꿈꾸었다. 그리고 그 꿈을 실현하기 위해서는 나도 빨리 유명한 시인이 되는 수밖에 없다고 생각하기도 했다.

어느 날의 일이었다. 나는 여느 때처럼 그 시인과 나란히 그 동네의 중심가를 산책하고 있었다. 그때 맞은 편에서 라켓을 든 소녀, 자전거를 양손으로 미는 소녀 등 대여섯 명의 소녀들이 왁자지껄 이야기를 나누며 우리 쪽으로 걸어오고 있었다. 그 소녀들은 잠시 멈추어 우리를 위해 길을 터주었다. 그러는 사이 몇몇은 나와 함께 있는 시인에게 인사를 했다. 그는 서서 그녀들과 잠시 이야기를 나누었다. 나는 그때 이미 나도 모르게 그곳에서 몇 발걸음 떨어진 곳까지 가 있었다. 그래서 그곳에 멈춰선 채 이제라도 그 시인이 내 이름을 불러 나를 그 소녀들에게 소개해 주지 않을까 하는 기대에 들떠 있었다. 하지만 모르는 척 닭집에서 키우고 있는 칠면조를 응시하고 있었다…….

하지만 소녀들은 내 쪽은 거들떠보지도 않은 채 다시 왁자지껄 떠들면서 그 시인에게서 멀어져갔다. 나도 가능한 그쪽을 모른 척하고 있었다.

그리고 다시 나는 그 시인과 나란히 걷기 시작하며 지금 막 만난 소녀들의 이름을 하나에서 열까지 열심히, 그러나 아무렇지도 않은 척 듣고 있었다. 지금까지 내게 서먹서먹하게 굴었던 야생화가 그 이름을 알기만 하면 갑자기 나를 따르는 것처럼, 그 소녀들의 이름도 내가 알기만 한다면 그쪽에서 자진해서 내게 다가오기라도 하는 것처럼.

그렇게 3주쯤 머문 후 나는 먼저 혼자 그 고원을 떠났다.

내가 집에 돌아오자 우리 어머니는 비로소 그녀의 진짜 아들이 돌아왔다는 듯이 행복해 보였다. 내가 완전히 옛날 활기차던 아들이 되어 있었으니까. 하지만 내가 활기찼던 것은 고원에서 만난 많은 소녀를 매료시키기 위해, 그리고 그런 이유만으로 빨리 유명한 시인이 되고 싶다는 어린아이 같은 야심에 불타고 있었기 때문이었다. 어머니는 그런 내 야심을 알아차리지 못하고 단지 내 안에 되살아난 천진난만함에 빠져 나를 귀여워했다.

그 고원에서 돌아온 지 얼마 되지 않아 나는 T 마을에서 너의 오빠들이 친 전보 한 통을 받았다. 그것은 일종의 암호 전보였다.

"봉봉 보내 주세요."

이번에는 희망을 품지 않았다. 그저 마음이 약해 너의 오빠들의 초대를 거절하지 못하고 세 번째로 T 마을을 방문했다. 이제 이게 마지막이다. 아마 앞으로 평생 못 볼지도 모를 내 소년 시절의 추억으로 가득 찬 마을 바다, 작은 하천, 목장, 보리밭, 오래된 교회. 잠시라도 좋으니까 한 번 더 보고 싶다는 생각이 들었다. 게다가 뭐니 뭐니 해도 그 후의 네 모습이 궁금했었다.

이제껏 그렇게니 이름답고 마치 하나의 커다라 조개껍데기처럼 생각하던 그 바닷가 마을이 지금 내 눈에는 너무나 초라하고 답답하게 보인다! 일찍이 그렇게도 사랑스럽게 여기던 내 옛 연인이 지금 내 눈에는 쌀쌀맞고 비뚤어진 여자로 보인다! 그리고 작년보다 훨씬 안색이 나빠지고 비쩍 마른 내 경쟁자를 봤을 때 나는 왠지 불쌍하다는 생각마저 들기 시작했다. 그래서 나는 점점 그를 피하려고 했다. 그는 때때로 슬퍼 보이는 눈빛으로 내 쪽을 응시했다. 나는 뭔가를 말하고 싶은, 하지만 작년과는 완전히 다른 그의 시선 속에서 그의 고통을 알 수 있을 것 같았다. 하지만 나로서는 이제 이런 날들이 내 소년 시절의 마지막 날이라고 마음먹고 있던 탓인지 아주 즐겁게 너의 오빠들과 뛰어놀 수 있었다.

그 포목전 아들은 올해 지은 지 얼마 되지 않은 작은 별장에서 혼자 살고 있었다. 그는 그해 여름 너희 가족을 맞이하기 위해 그 새 별장을 지은 것으로 보였다. 하지만 그의 병이 이를 허락하지 않았다. 너희들은 작년에 머물던 농가 별채에 여자끼리만 지내고 있었다. 너의 오빠들과 나만이 그 청년의 집에 묵으러 갔다.

어느 이른 아침이었다. 나는 화장실에 들어가 있었다. 그 작은 창문으로 우물가 광경이 훤히 보였다. 누군가가 세수하러 왔다. 내가 별생각 없이 창문으로 보고 있자니 청년이 나쁜 안색을 하고 이를 닦고 있었다. 그의 입가에는 피가 조금 번져 있었다. 그는 그걸 알아차리지 못한 듯했다. 나도 그것이 잇몸에서 나왔거니 하고 있었다. 갑자기 그가 캑캑거리며 고개를 숙였다. 그리고 세면대에 핏덩이 하나를 토했다…….

그날 오후 아무에게도 그 사실을 알리지 않고 나는 갑자기 T 마을을 떠났다.

에필로그

지진! 그것은 사랑의 질서까지 뒤집어버리는 것 같다.

나는 기숙사에서 모자도 쓰지 않고 조리만 신은 채 우리 집으로 달려갔다. 우리 집은 이미 불타고 있었다. 나는 내 부모의 행방을 알 수 없었다. 어쩌면 아버지 친척이 있는 교외의 Y 마을로 떠났을지도 모른다고 생각되었다. 나는 어느새 그곳을 향해 피난민들 행렬에 섞여 맨발로 걸어갔다.

나는 그 피난민들 속에서 뜻밖에도 너희 일가를 발견했다. 우리는 흥분해서 아플 정도로 서로의 어깨를 두드렸다. 너희들은 완전히 녹초가 되어 있었다. 나는 여기서 가까운 Y 마을까지 가면 하룻밤 정도는 어떻게든 될 거라고 하며 너희들을 억지로 끌고 갔다.

Y 마을에서는 들판 한가운데 큰 천막이 펼쳐져 있었고 모닥불이 피워져 있었다. 그렇게 한밤중에 이재민들에게 밥이 제공되기 시작했다. 그때가 되어도 내 부모는 그곳에 모습을 드러내지 않았다. 하지만 나는 주변의 생동감 넘치는 광경 덕분에 마치 너희들과 캠프 생활이라도 하는 것 같아 혼자서 들떠 있었다.

나는 너희들과 그 천막 구석에서 한 덩어리가 되어 누웠다. 몸을 뒤척이면 내 머리는 꼭 누군가의 머리에 부딪혔다. 그렇게 우리는 계속해서 잠들지 못했다. 때때로 꽤 큰 여진이 있었다. 그러면 누군가가 갑자기 웃음을 터뜨리는 것처럼 와락 울기 시작했다. 살짝 꾸벅꾸벅 졸다가 문득 눈을 뜨니 누군지 알 수 없는 헝클어진 여자의 머리카락이 내 볼에 닿아 있다는 것을 깨달았다. 나는 비몽사몽간에 그 희미한 향기를 맡았다. 그 향기는 내 코끝 머리카락에서 난다기보다 내 기억 속에서 희미하게 떠오르는 것처럼 보였다. 그것은 냄새가 나지 않는 너의 냄새다. 태양의 냄새다. 밀짚모자의 냄새다. 나는 자는 척하며 그 머리카락 속에 내 볼을 묻었다. 너는 가만히 움직이지 않고 있었다. 너도 자는 척을 하고 있었던 걸까?

이른 아침, 아버지가 도착했다는 소식이 우리를 깨웠다. 어머니는 아버지 손을 놓쳤다. 그래서 지금껏 행방을 알 수 없다. 우리 집 근처 제방으로 피난 간 사람은 한 명도 빠짐없이 강으로 뛰어들었으니 어쩌면 그 강에서 허우적거리고 있을지도 모른다…….

그런 아버지의 슬픈 이야기를 듣고 있는 사이에 나는 점점 더 확실히 잠을 깨며 어느새 나 자신이 몰래 눈물을 흘리고 있다는 사실을 깨달았다. 하지만 그것은 내 어머니의 죽음을 슬퍼하는 게 아니었다. 그걸로 곧바로 이렇게 울기에는 슬픔의 크기가 너무 크다! 나는 그저 눈을 뜨고 문득 지난 밤 내가 이미 사랑하고 있지 않다고 생각하던 너, 이미 나를 사랑하고 있지 않을 너, 그런 너와의 뜻밖의 기묘한 애무를 떠올리고 오직 그것 때문에 나는 울고 있었던 거다…….

그날 정오 무렵 너희들은 짐마차 두 대를 빌려서 함께 그 위에 탔고 가축이라도 된 것처럼 덜컹덜컹 흔들리며 어딘지 나도 모르는 시골로 출발했다.

나는 동구 밖까지 너희들을 배웅하러 갔다. 짐차는 심하게 먼지를

일으켰다. 먼지가 내 눈에 들어갈 것 같았다. 나는 눈을 감으며

"아, 네가 내 쪽을 돌아보는지 어떤지 누가 안 가르쳐 주나……?"

하고 입속에서 중얼거리고 있었다. 하지만 스스로 그걸 확인하는 게 두려운 듯이, 이미 먼지가 다 사라져버린 후에도 언제까지나 나는 그대로 눈을 감고 있었다.

바람이 분다

Le vent se lève, il faut tenter de vivre.

PAUL VALÉRY

서곡

그 여름 날들, 네가 억새가 무성하게 펼쳐진 초원에 서서 열심히 그림을 그리고 있으면 나는 항상 그 옆의 한 그루 자작나무 그늘에 몸을 누이곤 했다. 그렇게 저녁이 되어 네가 일을 마치고 내 곁에 오면 잠시 우리는 서로의 어깨에 손을 얹은 채, 아득히 먼 저편에서 가장자리만 자줏빛을 띠고 뭉게뭉게 피어오르는 비구름 덩어리에 뒤덮여 있는 지평선 쪽을 바라본다. 점점 저물기 시작한 그 지평선에서 반대로 무언가가 생겨나고 있는 것처럼…….

그러던 어느 날 오후, (이미 가을이 다가올 무렵이었다) 우리는 네가 그리기 시작한 그림을 이젤에 걸어둔 채, 그 자작나무 그늘에 누워 과

일을 베어 물고 있었다. 모래 같은 구름이 하늘을 스르륵 흘러가고 있었다. 그때 갑자기 어디에선가 바람이 일었다. 우리 머리 위에서는 나뭇잎 사이로 슬쩍슬쩍 보이는 쪽빛 구름이 늘어나기도 하고 줄어들기도 했다. 그리고 거의 동시에, 수풀 속에 무언가가 쿵 하고 쓰러지는 소리를 들었다. 그것은 우리가 거기에 내버려두었던 그림이 이젤과 함께 쓰러지는 소리 같았다. 나는 바로 일어나 가려는 너를 이 순간 그 어떤 것도 잃어버리지 않겠다는 듯이 무리하게 붙잡았다. 너는 내가 하는 대로 가만히 있었다.

바람이 분다. 자, 살아야겠다.

나는 내게 기대어 있는 너의 어깨에 손을 얹으면서 입속으로 무심코 튀어나온 시구를 되뇌고 있었다. 그리고 마침내 너는 나를 뿌리치고 일어났다. 아직 다 마르지 않은 캔버스는 그동안 온통 풀잎을 뒤집어쓰고 있었다. 캔버스를 다시 이젤에 세우고, 팔레트 나이프로 그런 풀잎을 힘겹게 떼어내었다.

"휴! 이러고 있는 걸 혹시 아버님에게라도 들킨다면……."

너는 나를 향해 어쩐지 애매한 미소를 지었다.

"이제 2, 3일 지나면 아버지가 오실 거예요."

어느 날 아침, 함께 숲속을 정처 없이 거닐고 있을 때 갑자기 네가 그런 말을 꺼냈다. 나는 뭔가 불만이라도 가진 듯 잠자코 있었다. 그러자 너는 그런 나를 보면서 약간 잠긴 목소리로 다시 입을 열었다.

"그러면 이제 이런 산책도 할 수 없게 될 거예요."

"어떤 산책이든 하려고 하면 할 수 있어."

나는 아직 불만이 가시지 않은 표정으로 너의 염려하는 듯한 시선을 느끼면서, 하지만 그보다 더 우리 머리 위의 나뭇가지가 술렁이고 있는 것을 신경 쓰는 듯 행동했다.

"아버지가 좀처럼 나를 놓아주지 않아요."

결국 나는 애타는 눈빛으로 너를 바라보았다.

"그럼, 우리 이제 이걸로 이별이라는 거야?"

"어쩔 수 없잖아요."

그렇게 말하며 너는 완전히 체념한 듯 내게 애써 미소를 지어 보이려 했다. 아, 그때 너의 안색이, 그리고 그 입술 색이 얼마나 창백했던지!

'어째서 이렇게 변한 걸까? 내게 자신의 전부를 맡긴 사람처럼 보였는데……'

나는 골똘히 생각에 잠겼다. 나는 나무들이 점점 밑동을 드러내기 시작한 좁은 산길을 너를 조금 앞세우며 그야말로 힘겹게 발걸음을 옮겼다. 그곳은 이미 수풀이 울창했고, 공기는 차디찼다. 여기저기에 작은 물웅덩이가 괴어 있었다. 갑자기 내 머릿속에 이런 생각이 번뜩였다. 너는 이번 여름, 우연히 만난 나와 같은 사람에게도 그렇게 순종했던 것처럼, 아니, 더더군다나 너의 아버지나, 그리고 또 그런 아버님도 포함한 너의 모든 것을 끊임없이 지배하고 있는 것에 순순히 몸을 내맡기고 있는 게 아닐까?

'세쓰코! 그런 너라면, 난 네가 더 좋아질 것 같아. 내가 앞으로 확실히 생활기반이 잡히면 어떻게든 너를 데리러 갈 테니까 그때까지 아버님 밑에서 지금처럼 있어 줘…….'

그런 말을 홀로 되뇌며, 너의 동의를 구하기라도 하는 것처럼 갑자기 너의 손을 잡았다. 너는 내게 손을 잡힌 채 가만히 있었고, 그렇게 우리는 손을 잡은 채로 한 물웅덩이 앞에 묵묵히 서 있었다. 우리 발밑에는 깊숙이 들어가 있는 작은 물웅덩이 밑바닥에 양치식물들이 자라고 있었고 그 위에는 수많은 햇살이 낮은 관목 사이를 비집고 나와 듬성듬성 비추고 있었다. 우리는 햇살이 웅덩이까지 떨어지면서 있는 듯 없는 듯한 실바람에 하늘하늘 흔들리고 있는 모습을 어쩐지 안타까운 마음으로 응시하고 있었다.

그리고 2, 3일 지난 어느 날 저녁, 나는 식당에서 네가 너를 데리러 온 아버지와 함께 식사하는 것을 발견했다. 너는 내 쪽에 어색한 듯 등을 돌리고 있었다. 아버지 쪽에 앉아 필시 거의 무의식적으로 취하고 있을 너의 모습과 동작을 보며 나는 네가 지금껏 본 적 없는 생면부지의 아가씨처럼 느껴졌다.

"설령 내가 이름을 불러도……."하고 나는 혼잣말로 중얼거렸다. "그녀는 아무렇지도 않게 이쪽을 안 볼 거야. 마치 지금 내가 부른 게 자기가 아닌 것처럼……."

그날 밤, 나는 혼자 재미없이 나간 산책에서 돌아와 잠시 호텔의 인적 없는 정원을 터벅터벅 걷고 있었다. 산나리 냄새가 났다. 나는 아직도 두세 군데 빛이 새어 나오는 호텔 창문을 멍하니 바라보고 있었다. 그러는 와중에 안개가 좀 끼기 시작한 것 같았다. 이를 두려워하기라고 하는 것처럼, 창가의 불빛은 하나둘씩 사라져 갔다. 그리고 드디어 호텔 전체가 완전히 짙은 어둠에 휩싸이나 싶더니 천천히 창문 하나가 가볍게 삐걱거리는 소리를 내며 열렸다. 그리고 장밋빛 잠옷을 입은 한 젊은 아가씨가 창가에 가만히 몸을 기대었다. 그것은 너였다…….

당신들이 떠난 뒤, 매일 계속해서 내 가슴을 조이고 있던 그 슬픔을 닮은 행복의 분위기를, 나는 아직도 확실하게 떠올릴 수 있다.

나는 온종일 호텔에 틀어박혀 있었다. 그렇게 오랫동안 너 때문에 내팽개쳐둔 내 일에 매달리기 시작했다. 나는 자신도 느끼지 못할 정도로 조용히 그 일에 몰두할 수 있었다. 그러는 사이 세상은 다른 계절로 옮겨갔다. 그리고 드디어 출발하기 전날, 나는 오래간만에 호텔을 벗어나 산책을 나섰다.

가을은 수풀 속을 몰라볼 정도로 어지러뜨렸다. 잎사귀를 우수수 떨군 나무들 사이로 인적 없는 별장 테라스가 앞으로 쑥 내밀어져 있었다. 균류의 축축한 냄새가 낙엽 냄새에 뒤섞여 있었다. 이런 뜻밖의 계절 변화가, 너와 헤어지고 나도 모르게 이렇게 시간이 멈춰버렸다는 것이 내게는 이상하게 느껴졌다. 내 마음속 어디에선가 너와 떨어져 있는 것이 그저 일시적인 일이라는 확신이 있었다. 그래서 내게 이런 시간의 변화마저 지금까지와는 전혀 다른 의미를 갖기 시작하게 된 것이 아닐까? 나는 잠시 후 이를 확인하기까지 무언가를 어렴풋이 느끼기 시작했다.

그로부터 십여 분 후, 숲이 끝나가는 곳에서 갑자기 탁 트인 초원이 펼쳐졌다. 나는 먼 지평선 일대를 한 번에 볼 수 있는 억새 풀이 무성한 초원 안으로 발을 들이밀고 있었다. 그리고 나는 그 옆에 이미 잎이 노랗게 변하기 시작한 한 자작나무 그늘에 몸을 눕혔다. 그곳은 그 여름날, 내가 늘 너의 그림 그리는 모습을 보면서 지금처럼 드러누워 있던 곳이었다. 거의 항상 비구름에 가려져 있던 지평선 근방은 지금은 이름 모를 먼 산맥까지 휘날리는 새하얀 이삭 위를 구분하면서 그 윤곽을 하나씩 선명하게 보여주었다.

나는 저 멀리 있는 산맥의 모습을 모두 암기해 버릴 정도로 눈을 부릅뜨고 쳐다보는 사이에 지금까지 내 안에 숨어 있던 생각, 자연이 나를 위해 정해 둔 걸 이제야 발견했다는 확신이 점차 또렷이 의식 위로 드러나기 시작했다…….

봄

3월이 되었다. 어느 날 오후, 나는 평소처럼 산책하는 김에 잠시 들렀다는 듯 세쓰코의 집을 방문했다. 문을 들이시자마자 바로 옆 나무들 사이에서 인부들이 쓸 법한 큰 밀짚모자를 쓴 아버님이 한 손에 가위를 들고 주변 나무를 손질하고 있었다. 나는 그 모습을 보고 마치 어린아이처럼 나뭇가지를 헤치며 옆으로 다가가 두세 마디 인사말을 나눈 후, 그대로 아버님이 하는 일을 신기하다는 듯 보고 있었다. 그렇게 나무들 사이에 둘러싸여 있는데 때때로 여기저기 작은 가지 위로 뭔가 하얀 것이 반짝거렸다. 그것은 꽃봉오리 같았다…….

"그 녀석도 요즘 꽤 건강해진 것 같은데 말이야."

아버님은 갑자기 내 쪽으로 고개를 들고 그 무렵 나와 약혼한 지 얼마 되지 않은 세쓰코에 대해 말하기 시작했다.

"좀 더 날씨가 풀리면 요양이라도 보내면 어떨까?"

"그야 좋겠지만……."

나는 우물거리며 방금 내 앞에 반짝거리던 꽃봉오리 하나가 신경 쓰이는 척 했다.

"어디 괜찮은 곳이 없는지 얼마 전부터 알아보고는 있는데……." 라며 아버님은 그런 내가 상관없다는 듯 말을 이어갔다.

"세쓰코는 F요양원이 어떠냐는데, 자네가 거기 원장을 안다면서?"

"네."하고 나는 다소 건성으로 대답하며, 어렵사리 방금 봤던 하얀 꽃봉오리를 찾아 잡아당겼다.

"하지만 거기 그 녀석이 혼자 갈 수 있을까?"

"모두 혼자 가는 것 같아요."

"그래도 그 녀석을 혼자 보내기는 좀 그렇지."

아버님은 왠지 곤란하다는 표정을 지었다. 하지만 내 쪽은 보지 않은 채 갑자기 자기 눈앞에 있는 나뭇가지 하나를 가위질했다. 그 모습을 보니 나도 결국 참기 힘들어져 내가 먼저 말을 꺼내길 아버님이 기다리고 있다고밖에 생각되지 않는 말을 뱉어냈다.

"그러면 저도 함께 가도 돼요. 지금 시작한 일도 마침 그때까지는 마무리될 것 같으니까……."

나는 그렇게 말하며 간신히 붙잡았던 꽃봉오리가 달린 가지를 다시 슬쩍 손에서 놓아주었다. 그와 동시에 아버님 얼굴이 갑자기 밝아지는 것이 보였다.

"그래 주면 제일 좋겠는데, 그래도 자네한테는 정말 미안하네……."

"아니에요. 오히려 저 같은 사람은 그런 산속에 있는 게 일이 잘될지도 몰라요……."

그리고 우리는 그 요양원이 있는 산악지대에 관해 이야기했다. 하지만 어느새 우리 대화는 아버님이 지금 손질하고 있는 정원수 위로 옮겨갔다. 두 사람이 지금 함께 느끼고 있는 일종의 동정 같은 게 그런 부질없는 이야기마저 활기차게 만드는 것 같았다…….

"세쓰코 씨는 일어나 있을까요?"

잠시 후 나는 아무렇지도 않은 듯 물어보았다.

"글쎄, 일어나 있겠지. 나는 괜찮으니까 거기서 저쪽으로 나가면 돼……."

아버님은 가위를 쥔 손으로 정원 입구 나무 문을 가리켰다. 나는 겨우 정원수 사이를 빠져나와 담쟁이덩굴이 뒤엉켜 열기 힘들어진 그 나무 문을 억지로 밀고 그대로 정원에서 병실 쪽으로 다가갔다. 얼마 전까지 아틀리에로 쓰이던 병실은 별채처럼 쓰이고 있었다.

세쓰코는 내가 온 걸 이미 알고 있었던 것 같다. 하지만 내가 정원에서 들어올 거라는 건 생각하지 못한 듯 잠옷 위에 밝은색 하오리를 걸친 채, 긴 의자 위에 드러누워 가느다란 리본이 달린 처음 보는 부인용 모자를 만지작거리고 있었다.

여닫이문 너머로 그녀를 보며 가까이 가자 그녀도 나를 알아차린 듯했다. 그녀는 무의식적으로 몸을 일으키려 했다. 하지만 그녀는 그대로 드러누워 얼굴을 내 쪽으로 향한 채 살짝 멋쩍은 듯한 미소로 나를 바라보았다.

"일어나 있었어?"

나는 문가에서 대충 신발을 벗어 던지며 말했다.

"잠깐 일어나봤는데 금방 피곤해졌어요."

그녀는 그렇게 말하며 몹시 지쳐 보이는 힘없는 손짓으로 이유 없이 손으로 만지작거리던 그 모자를 바로 옆에 있는 경대 위로 내던졌다. 하지만 그 모자는 경대까지 가지 못하고 바닥 위로 떨어졌다. 나는 가까이 다가가 거의 내 얼굴이 그녀 발끝에 붙을 정도로 몸을 구부려 그 모자를 주워 들었고, 이번에는 내 손으로 방금 그녀가 그렇게 했듯 모자를 만지작거리기 시작했다.

그리고 나는 물었다.

"이런 모자를 끄집어내서 뭘 하고 있었던 거지?"

"그런 거, 언제 쓸 수 있을지도 모르는데 아버지가 어제 사 오셨어요. 이상한 아버지죠?"

"이게 아버님이 고른 거야? 정말 좋은 아버님이네……. 어디 보자, 이 모자, 좀 써 봐."

나는 그녀 머리에 모자를 장난스럽게 씌우는 척했다.

"아이, 이러지 말아요……."

그녀는 그렇게 말하며 귀찮다는 듯 나를 피하려고 몸을 반쯤 일으켰다. 그리고 변명하듯 희미한 미소를 지으며 문득 생각났는지 바짝 야윈 손으로 살짝 헝클어진 머리를 매만지기 시작했다. 아무렇지도 않은 너무나 자연스러웠던 젊은 여인의 손짓은 마치 나를 애무라도 하기 시작한 것 같았고, 내게 숨 막힐 정도로 관능적인 매력을 느끼게 했다. 나는 나도 모르게 눈을 돌리지 않을 수 없었다…….

이윽고 나는 그때까지 손으로 만지작대던 그녀의 모자를 살짝 옆 경대 위에 놓고, 갑자기 뭔가 생각난 듯이 입을 다물었다. 여전히 그녀에게서 눈을 돌린 채였다.

"화났어요?"

그녀는 갑자기 나를 올려다보며 염려스러운 듯 물었다.

"그런 게 아니야."

나는 겨우 그녀 쪽으로 시선을 돌리며 불쑥 이렇게 말을 꺼냈다.

"방금 아버님이 그렇게 말씀하시던데, 세쓰코 정말로 요양원에 갈 생각이야?"

"예, 이러고 있어도 언제 좋아질지 모르는걸요. 빨리 좋아질 수 있다면 어디든 갈 거예요. 그런데……."

"뭐지? 무슨 말을 하려는 거야?"

"아무것도 아니에요."

"아무것도 아니라도 좋으니까 말 해봐……정말이지 말을 안 하네. 그럼, 내가 해 볼까? 세스코, 나한테 같이 가 달라고 말하고 싶은 거지?"

"그런 게 아니에요."

그녀는 갑자기 내 말을 가로막으려고 했다.

하지만 나는 그녀를 아랑곳하지 않은 채 처음 분위기와는 달리 점점 진지하게, 다소 불안한 어조로 말을 이어갔다.

"……아니, 세쓰코가 안 와도 된다고 해도 난 당연히 갈 거야. 그런데 말이야. 좀 이런 생각이 들어서 신경이 쓰여……. 나는 이렇게 너와 함께 있기 전부터 어딘가 쓸쓸한 산속에서 세쓰코같이 사랑스러운 아가씨와 단둘이 살아 보는 걸 꿈꾼 적이 있었어. 너한테도 오래전에 그런 내 꿈을 밝히지 않았었나? 그래, 산속 오두막 이야기 말이야. 그런 산속에서 우리가 살 수 있을까 했더니 그때 세쓰코가 해맑게 웃었잖아? 실은 말이야. 이번에 네가 요양원에 간다고 말을 꺼낸 것도 그런 말들이 알게 모르게 너의 마음을 움직인 게 아닌가 생각했었어. 그렇지 않을까?"

그녀는 애써 미소 지으며 잠자코 듣고 있더니 단호하게 말했다.

"그런 말 기억도 안 나는걸요."

그리고는 오히려 나를 위로하는 듯한 시선으로 나를 찬찬히 바라보았다.

"당신은 가끔 말도 안 되는 생각을 하네요……."

그리고 몇 분 후, 우리는 함께 마치 우리 사이에 아무 일도 없었다는 듯이 여닫이문 저편의 꽤 푸르러진 잔디밭 위로 여기저기 아지랑이 같은 것이 피어오르는 모습을 신기한 듯 바라보기 시작했다.

*

4월이 되자 세쓰코의 병이 조금씩 회복기로 접어드는 듯 보였다. 그리고 회복이 더디면 더딜수록 답답한 한 걸음 한 걸음이 오히려 회복에의 기대를 확신하게 했다. 그 기대는 이루 말로 다 표현 못 할 만큼 믿음직스러운 것이었다.

그러던 어느 날 오후의 일이다. 마침 아버지가 외출 중이라 세쓰코는 혼자 병실에 있었다. 그날은 아주 컨디션도 좋아 보였고, 거의 늘 입던 잠옷이 아니라 파란색 블라우스로 갈아입고 있었다. 나는 그런 그녀의 모습을 보고는 정말이지 그녀를 정원으로 나오게 하고 싶었다. 바람은 조금 불었지만, 그것조차 기분 좋을 정도로 부드러웠다. 그녀는 살짝 자신 없다는 듯이 웃으면서도 결국 내 의견에 동의했다. 그리고 내 어깨에 손을 얹은 채 여닫이문을 열고 뭔가 불안해 보이는 발걸음으로 조심조심 잔디밭으로 나갔다. 산울타리를 따라 여러 외래종이 뒤섞여 어느 게 어느 것인지 구분할 수 없을 정도로 가지와 가지가 얽혀 있었다. 어지럽게 무성한 정원수 쪽으로 다가가자 울창한 나무 위로는 여기저기 하양, 노랑, 연보라색 작은 봉오리들이 지금 당장이라도 꽃망울을 터뜨릴 듯했다. 나는 그런 나무 중 하나 앞에 멈쳐서자 그녀가 작년 가을인가 어떤 게 어떤 꽃이라고 이름을 가르쳐 줬던 때를 불쑥 떠올렸다.

"이게 라일락이었지?" 하고 그녀 쪽을 돌아보며 반쯤 물어보듯 말했다.

"그게 어쩌면 라일락이 아닐지도 모르겠어요."

그녀는 내 어깨에 가볍게 손을 올린 채 조금 미안하다는 듯이 대답했다

"흠, 그럼 지금까지 거짓말을 한 거였네."

"거짓말 같은 건 안 해요. 다른 사람이 그렇게 말하며 꽃을 줬어요. 하지만 그리 좋아하는 꽃은 아니에요."

"뭐야? 이제 막 꽃이 피려는데 그렇게 실토하면! 그럼, 어차피 저 것도……."

나는 그 옆에 있는 나무 쪽을 가리키며 "저건 뭐라고 했지?"하고 물었다.

그 말에 "금작화"라고 그녀가 답했다. 이번에는 그 꽃 앞으로 갔다.

"이 금작화는 진짜예요. 여기 봐요. 노랑과 하양, 봉오리가 두 종류 있죠? 이쪽 하얀 게 진귀한 거라고……. 아버지 자랑거리예요……."

그런 소소한 이야깃거리를 나누는 동안 세쓰코는 내 어깨에서 손을 내리지 않은 채, 피곤했다기보다 뭔가에 넋을 잃은 듯 내게 기대어 있었다. 그리고 우리는 잠시 그대로 묵묵히 있었다. 그래야 이런 꽃피고 향기 나는 인생을 온전히 조금이라도 곁에 잡아둘 수 있는 것처럼. 때때로 부드러운 바람이 맞은편 산울타리 사이에서 억눌러진 호흡처

럼 터져 나와 우리 앞에 있는 나무들에까지 이르러 잎사귀를 겨우 들어 올렸다가 그곳에 우리만을 오롯이 남긴 채 스쳐 지나갔다.

갑자기 그녀가 내 어깨에 올렸던 자신의 손안에 얼굴을 묻었다. 나는 그녀의 심장이 평상시보다 빠르게 뛰고 있다는 사실을 깨달았다. "피곤해?" 나는 상냥하게 그녀에게 물었다.

"아니요." 하고 그녀는 작은 목소리로 대답했지만 나는 점점 내 어깨에 그녀의 무게가 실리는 것을 느꼈다.

"내가 이렇게 약해서 당신에게 미안해요……." 그녀의 속삭임은 내가 들었다기보다 오히려 들은 것 같다고 할 만큼 가느다란 것이었다.

'너의 그런 연약함 때문에 오히려 내가 더 너를 사랑스럽게 여긴다는 걸 왜 모르는 거지……?' 하고 마음속으로 그녀에게 답답함을 토로했다. 하지만 겉으로는 일부러 아무것도 못 들은 척 가만히 미동도 없이 있었다. 그녀는 갑자기 내게서 몸을 젖혀 얼굴을 들고 조금씩 내 어깨에서 손을 떼었다.

"어째서 요즘 제가 이렇게 마음이 약해진 걸까요? 얼마 전까지 그렇게 병이 심했어도 아무렇지도 않았는데……"하고 낮은 목소리로 혼잣말처럼 우물거렸다. 침묵이 그런 말을 걱정스러운 듯 여운을 만들고 있었다. 그러는 사이에 그녀가 돌연 얼굴을 들고 나를 빤히 바라보는 것 같더니 다시 고개를 숙이며 상기된 듯 높아진 목소리로 말했다.

"나, 왠지 갑자기 살고 싶어졌어요……."

그리고 그녀는 들릴까 말까 하는 작은 소리로 덧붙였다. "당신 덕분에……."

그것은 벌써 2년 전이나 지난 우리가 처음 만났을 여름 무렵, 무심코 내 입을 뚫고 나온, 그리고 내가 무의식적으로 자주 읊조리던 시구였다.

바람이 분다, 자, 살아야겠다.

그때 이후 쭉 잊고 있었던 시구가 또다시 불쑥 우리에게 되살아나올 만큼, 그때는 말하자면 이전의 생활보다 더 생생하고 더 애달플 정도로 즐거운 날들이었다.

우리는 그달 말 야쓰가타케(八ヶ岳) 산록에 있는 요양원에 가기 위한 준비를 시작했다. 다소 알고 지내던 그 요양원 원장이 가끔 상경했기 때문에 그 기회에 요양원에 가기 전 세쓰코의 병세를 한 번 진단받기로 했다.

어느 날, 드디어 나는 원장에게 교외에 있는 세쓰코의 집까지 와 달라고 했다. 원장은 첫 진단을 한 후, "뭐, 큰일은 아니네요. 일이 년 산에 와서 참아 보세요." 하는 말을 환자에게 남기고 바쁘다는 듯이 돌아갔다. 나는 나만이라도 좀 더 정확한 그녀의 병세를 듣고 싶어서 역까지 원장을 배웅했다.

"하지만 이런 말은 환자에게는 하지 말게나. 아버님에게는 근일 내가 잘 말씀드릴 테니."

원장은 그렇게 말문을 열더니 조금 말하기 곤란하다는 표정을 지으며 세쓰코의 상태를 꽤 자세하게 설명해 주었다. 그리고 그 말을 잠자코 듣던 나를 빤히 보더니 "자네도 얼굴색이 꽤 안 좋군. 보는 김에 자네 몸도 진찰해 볼 걸 그랬어." 하고 딱하다는 듯 말했다.

역에서 돌아와 다시 병실에 들어가자, 아버님은 누워 있는 환자 옆에 남아 그녀와 함께 요양원에 가는 날짜를 잡고 있었다. 시무룩한 표정을 지우지 못한 채 나도 그 의논에 끼어들었다.

"그런데……."

이윽고 아버님은 뭔가 볼일이라도 생각난 듯 일어서면서

"이제 이만큼 호전됐으니 여름 동안만이라도 가 있으면 괜찮을 것 같은데."하고 자못 미심쩍은 듯 말하며 병실을 나갔다.

둘만 남자 우리는 누가 먼저랄 것도 없이 함께 입을 닫았다. 제법 봄다운 저물녘이었다. 나는 아까부터 왠지 두통이 나기 시작한 것 같았다. 그것이 점점 더 괴로워지자 그녀가 눈치채지 못하도록 일어나서 유리문 쪽으로 다가가 한쪽 문을 반쯤 열고 기대었다. 그리고 잠시 그대로 스스로 뭘 생각하고 있는지도 모를 정도로 멍하니 희미하게 안개가 피어오르는 맞은편 정원수 근처로 공허한 시선을 보내고 있었다.

'좋은 냄새가 나네, 무슨 꽃 냄새지……?' 하고 생각했다.

"뭘 하시는 거예요?"

등 뒤에서 조금 쉰 듯한 세쓰코의 목소리가 들렸다. 그것이 의외로 일종의 마비된 상태의 나를 각성시켰다. 나는 그녀 쪽으로 등을 돌린

채, 마치 다른 것이라도 생각하고 있었던 듯 어색한 목소리로

"너에 관해서라든지, 산에서의 일이라든지, 그곳에서의 우리 생활 같은 걸 생각하고 있었어……." 하고 띄엄띄엄 말했다. 하지만 나는 그렇게 말하는 중에 왠지 정말 그런 걸 지금까지 생각하고 있었던 것 같은 착각이 들었다. 그래, 그리고 나는 또 이런 것도 생각하고 있었던 듯하다.

'그쪽에 가면 정말 별일이 다 있을 텐데……. 하지만 인생이란 네가 늘 말하듯 뭐든 흘러가는 대로 맡겨두는 편이 좋아. 그러면 필시 우리가 바라지도 않던 것마저 우리에게 줄지도 몰라…….'

그런 생각을 마음속으로 했지만 스스로는 조금도 이를 깨닫지 못하고, 오히려 별것도 아닌 사사로운 풍경에 완전히 사로잡혀 있던 것이다…….

뜰은 아직 밝았지만 정신 차려 보니 방안은 완연히 어둑어둑해져 있었다.

"불을 켤까?"

나는 순간 마음을 다잡고 말했다.

"아직 켜지 말아줘요……."

그렇게 대답하는 그녀의 목소리는 잠겨 있었다. 한동안 우리는 할 말을 잃고 있었다.

"나, 좀 숨 쉬는 게 답답해요. 풀냄새가 심해서……."

"그럼, 여기도 닫아둘게."

나는 울적한 목소리로 그렇게 답하며 문손잡이를 잡아당겼다.

"당신……."

그녀의 목소리는 이번에는 거의 중성적인 목소리로 들렸다.

"지금 운 거죠?"

나는 깜짝 놀란 표정으로 그녀 쪽을 홱 돌아보았다.

"울 리가 있어? 나를 봐 봐."

그녀는 침대 위에서 내 쪽으로 고개를 돌리려고도 하지 않았다. 이미 어슴푸레해져서 잘 안 보일 정도였지만, 그녀는 무언가를 빤히 응시하는 것 같았다. 하지만 내 시선으로 그것을 조심조심 쫓아가자 그녀는 단지 허공을 쳐다보고 있을 뿐이었다.

"알고 있어요, 나도……, 방금 원장님께 무슨 이야기를 듣고 왔다는 걸……."

나는 곧바로 대답하고 싶었지만 아무 말도 내 입에서는 나오지 않았다. 그저 나는 소리 안 나도록 살짝 문을 닫으며 다시 저물녘의 뜰을 바라보기 시작했다.

이윽고 나는 내 등 뒤에서 깊은 한숨 소리 같은 것을 들었다.

"미안해요."

그녀는 결국 입을 열었다. 그 목소리는 아직 조금 흔들리는 듯했지만, 전보다 훨씬 차분해져 있었다.

"이런 일 신경 쓰지 말아요……. 우리 앞으로 정말 살 수 있을 때까지 살아봐요……."

돌아보니 그녀는 눈가에 손가락을 대고 꼼짝도 하지 않았다.

4월 하순의 어느 흐린 날 아침, 정거장까지 아버님께 배웅을 받았다. 아버님 앞에서는 마치 밀월여행이라도 가는 것처럼 즐거운 척하며, 산악지대로 향하는 이등실 기차에 올라탔다. 기차는 조용히 플랫폼을 떠나기 시작했다. 그 뒤로 애써 아무렇지도 않은 척 그저 구부정하게 갑자기 나이 먹은 모습으로 서 있는 아버님만 홀로 남긴 채…….

기차가 역에서 완전히 멀어지자 우리는 창문을 닫고 돌연 쓸쓸한 표정으로 비어 있는 이등실 한구석에 자리를 잡았다. 그렇게 서로의 마음과 마음에 온기라도 나누듯 무릎과 무릎을 꼭 붙이면서…….

바람이 분다

우리가 탄 기차는 어느덧 산을 기어오르고, 깊은 계곡을 따라 달리고, 또 갑자기 한참을 탁 트인 포도밭이 펼쳐진 대지를 횡단하고 나서야 겨우 산악지대를 향해 끝없이 집요한 등반을 시작했다. 그때 하늘은 한층 낮아지고, 지금까지 그저 한쪽에 막혀 있는 것처럼 보이던 새까만 구름은 어느새 점점이 흩어져 움직이며 우리 눈 위까지 뒤덮여오는 듯했다. 왠지 뼛속까지 한기가 스며들었다. 외투 깃을 세운 나는 숄에 온몸을 묻고 눈을 감고 있는 세쓰코의 피곤하다기보다 조금 흥분한 것 같은 얼굴을 불안하게 지켜보고 있었다. 때때로 그녀는 눈을 뜨고 멍하니 내 쪽을 보았다. 처음에 우리 둘은 그때마다 눈과 눈을 마주하고 미소 지었지만, 나중에는 그저 불안한 듯 서로를 바라보다가 곧바로 서로의 눈을 피할 뿐이었다. 그리고 그녀는 다시 눈을 감았다.

"왠지 싸늘해졌네. 눈이라도 내리려나?"

"4월인데 눈이 내려요?"

"응, 이 근처는 내릴 수도 있어."

아직 3시경인데도 창밖은 몹시 어두워져 있었다. 밖으로 시선을 돌리니 잎이 떨어진 낙엽송이 무수히 늘어서 있는 가운데 여기저기 새까만 전나무가 나무들 사이로 보였다. 이미 우리가 야쓰가타케 기슭을 지나가고 있다는 걸 알았지만, 눈앞에 보여야 할 산은 그 그림자도 찾을 수 없었다…….

기차는 정말 산기슭에 있을 법한 작은 헛간이랑 별반 차이가 없는 작은 역에 정차했다. 역에는 고원(高原)요양원이라는 인장이 찍힌 핫피 차림의 나이 든 심부름꾼이 한 명, 우리를 맞이하러 나와 있었다.

나는 세쓰코를 팔로 부축히며 역 앞에서 대기 중인 낡고 작은 자동차가 있는 곳까지 걸어갔다. 내 팔 안에서 그녀가 약간 휘청거리는 걸 느꼈지만, 모르는 척했다.

"피곤하지?"

"그렇지도 않아요."

함께 내려온 그 지역 토박이인 듯 보이는 몇몇 사람들은 그런 우리를 보고 주변에서 뭐라고 소곤거리는 것 같았다. 하지만 우리가 차를

타는 사이 어느새 그 사람들은 다른 마을 사람들과 뒤섞여 구분할 수 없게 되어 마을 안으로 사라져 갔다,

자동차는 초라한 오두막이 일렬로 늘어선 마을을 빠져나왔다. 그리고 마을이 보이지 않는 야쓰가타케 산등성이까지 그대로 끝없이 펼쳐져 있는 듯한 울퉁불퉁한 경사지에 접어들었나 싶더니 잡목림을 등지고 있는 큰 건물이 앞쪽에서 보이기 시작했다. 붉은 지붕의 건물은 양옆으로 낮은 건물들과 함께 있었다. "저거구나."하고 나는 기울어진 차체 바닥을 온몸으로 느끼며 중얼거렸다.

세쓰코는 잠시 고개를 들고 조금은 걱정스러운 듯한 눈초리로 그것을 멍하니 바라볼 뿐이었다.

요양원에 도착하자 우리는 그곳에서 가장 안쪽에 있어서 뒤가 잡목림으로 이어져 있는 병동 2층 제1호실에 배정되었다. 의사는 간단한 진찰 후 세쓰코를 곧바로 침대에 눕게 했다. 바닥이 리놀륨으로 깔린 병실에는 모두 새하얗게 칠해진 침대와 탁자, 의자, 그리고 그 외 방금 심부름꾼이 가져다준 여러 개의 트렁크가 있을 뿐이었다. 둘만 남게 되자 나는 간병인에게 할당된 비좁은 옆방에 들어가려고도 하지 않고 휑한 느낌이 드는 실내를 멍하니 둘러보거나, 자꾸만 창가에 가까이 가서 구름을 올려다보며 날씨를 신경 쓰는 등 잠시도 가만히 있지 못하고 있었다. 바람이 새카만 구름을 무거운 듯 잡아끌고 있었다. 때로는 안쪽 잡목림에서 날카로운 소리가 났다. 나는 얇은 옷을 입고 한번 발코니로 나가 보았다. 발코니는 칸막이가 전혀 없이 쭉 맞

은편 병실까지 이어져 있었다. 그쪽 편에는 전혀 인기척이 없어서 아무에게도 구애받지 않고 걸으며 병실 하나하나를 살펴보았다. 마침 네 번째 병실 안에 환자 한 명이 누워 있는 게 반쯤 열린 창문으로 보여 황급히 발길을 돌렸다.

드디어 램프가 켜지고 우리는 간호사가 가져온 식사를 마주하고 앉았다. 처음으로 둘이서만 함께 하는 식사 자리치고는 조금 쓸쓸했다. 식사 중에 밖이 완전히 캄캄해졌다. 아무런 눈치를 못 채고, 그저 왠지 주변이 갑자기 조용해졌다고 생각했을 뿐이었는데 어느새 눈이 내리기 시작한 모양이다.

나는 일어나 반쯤 열어 둔 창문을 조금 더 닫고는 그 유리창에 얼굴을 대고 내 숨결로 김이 서릴 때까지 눈 내리는 모습을 가만히 바라보고 있었다. 그리고는 겨우 그 자리를 떠나 세쓰코를 돌아보며 "세쓰코! 어쩌다가 이런……."하고 입을 열었다.

그녀는 침대에 누운 채 내 얼굴을 간절한 표정으로 올려다보며, 내 말을 막으려는 듯 입에 손가락을 가져다 대었다.

*

요양원은 야쓰가타케의 크게 뻗은 적갈색 비탈길 경사가 완만하게 바뀌는 곳에 양옆 몇몇 낮은 건물들과 함께 남쪽을 향해 서 있었다. 그 비탈길은 쭉 이어져 작은 마을 두세 곳을 경사지게 만들고 마지막으로 무수히 많은 검은 소나무에 둘러싸여 보이지 않는 계곡 안까지 뻗어 있었다.

요양원 남쪽으로 나 있는 발코니에서는 그런 경사진 마을과 검붉은 경작지가 한눈에 보였다. 맑은 날이면 이들을 둘러싸고 끝없이 늘어서 있는 소나무 숲 위로 남쪽에서 서쪽으로 걸쳐진 남알프스와 두세 개의 지맥(地脈)들이 저절로 피어오르는 구름 가운데 언뜻언뜻 보이고 있었다.

요양원에 도착한 다음 날 아침, 간병인 방에서 자다가 눈을 뜨니 뜻밖에도 작은 창틀 안에 쪽빛으로 맑게 갠 하늘과 새하얀 눈을 머리에 얹은 몇몇 산봉우리들이 마치 대기 속에서 우뚝 솟아난 것처럼 눈앞에 펼쳐져 있었다. 그리고 누워서는 볼 수 없는 발코니와 지붕 위 눈에서는 성큼 다가온 봄 햇살이 비추었고, 끊임없이 수증기가 일고 있는 것 같았다.

나는 조금 늦잠을 잔 듯해 서둘러 일어나 옆 방 병실로 들어갔다. 세쓰코는 이미 눈을 떠 있었고, 모포로 몸을 감은 채 상기된 얼굴을 하고 있었다.

"안녕?"

나도 마찬가지로 얼굴이 상기되는 걸 느끼며 가볍게 인사했다.

"잘 잤어?"

"네."

그녀는 내게 고개를 끄덕여 보였다.

"어젯밤 수면제를 먹었어요. 그래서 그런지 머리가 좀 아파요."

나는 그런 일 따위 신경 쓰이지 않는다는 식으로 기세 좋게 창문도, 발코니로 통하는 유리창도 완전히 열어젖혔다. 눈이 부셔서 잠시 아무것도 안 보일 정도였지만 그러는 사이에 점차 익숙해져서 눈이 쌓인 발코니에서도 지붕과 들판, 나무에서조차도 가벼운 수증기가 일고 있는 것이 보이기 시작했다.

"게다가 아주 이상한 꿈을 꾸었어요. 있잖아요……."

그녀가 내 등 뒤에서 말을 꺼냈다.

나는 곧 그녀가 뭔가 털어놓기 힘든 이야기를 억지로 하려 한다는 걸 깨달았다. 그런 경우 늘 그렇듯 지금의 목소리도 조금 잠겨 있었다.

이번에는 내가 그녀 쪽을 돌아보며 그 말을 막기 위해 입에 손가락을 가져다 댈 차례였다…….

이윽고 수간호사가 친절한 미소를 띠며 총총걸음으로 들어왔다. 이렇게 수간호사는 매일 아침 병실을 돌며 환자들을 한 명 한 명 살피는 것이었다.

"어젯밤은 잘 주무셨나요?"

수간호사는 쾌활한 목소리로 물었다.

환자는 아무 말 없이 순순히 고개를 끄덕였다.

*

이런 산속 요양원 생활은 보통 사람들의 경우 이미 막다른 길이라고 믿을 때 비로소 절로 특수한 인간성이 불러일으켜지는 법이다. 내가 내 안에 그런 낯선 인간성을 희미하게 의식하기 시작한 것은 입원

후 얼마 지나지 않아서였다. 원장은 나를 진찰실로 불러 세쓰코의 폐부위 엑스레이 사진을 보여주었다.

원장은 나를 창가로 데리고 가서 내가 보기 편하도록 그 사진 원판을 햇볕에 비추면서 하나씩 설명을 덧붙여갔다. 오른쪽 가슴에는 몇 줄기 새하얀 늑골이 확연히 보였지만, 왼쪽 가슴에는 그런 게 거의 보이지 않고 커다란, 마치 어둡고 기묘한 꽃처럼 보이는 병소가 자리 잡고 있었다.

"생각보다 병소가 많이 퍼져 있네……. 이렇게 심해져 있으리라고는 예상하지 않았는데……. 이러면 지금 병원에 있는 환자 중에 두 번째일 정도로 중병일지도 모르겠어……."

원장의 말이 내 귓속에서 윙윙거리는 듯했다. 나는 왠지 사고력을 잃어버린 사람처럼 방금 보고 온 그 검고 기묘한 꽃처럼 생긴 영상 이미지를 그 표현과는 전혀 관계없다는 듯이 그것만을 선명히 의식의 문턱에 올려놓은 채 진찰실에서 돌아왔다. 나를 스쳐 가는 하얀 옷의 간호사, 이곳저곳 발코니에서 일광욕하기 시작한 나체 환자, 병동의 소란스러움, 작은 새들의 지저귐 같은 것이 아무런 통보도 없이 내 앞을 지나쳐 갔다. 나는 드디어 제일 끝 병동에 이르렀고, 우리 병실이 있는 2층으로 통하는 계단을 오르려고 기계적으로 발걸음을 늦추었다. 그 순간, 그 계단 바로 앞에 있는 병실 안에서 이상한, 여태껏 들은 적 없는 기분 나쁜 헛기침 소리가 계속해서 새어 나오고 있었다.

"아니, 이런 곳에도 환자가 있었나?"

나는 그저 그 문에 붙어 있는 No.17이라는 숫자를 멍하니 응시했다.

*

이렇게 우리의 조금 색다른 애정 행각이 시작되었다.

세쓰코는 입원 이래 안정하라는 지시를 받아서 계속 누워 있기만 했다. 그래서 기분이 좋을 때는 애써 일어나 있으려 했던 입원 전의 그녀와 비교하면 오히려 환자처럼 보였다. 그렇다고 해서 딱히 병이 악화한 것 같지는 않았다. 의사들도 늘 그녀를 곧 쾌차할 환자로 취급하는 것처럼 보였다.

"이렇게 병을 생포해 버리는 거죠."하고 원장도 농담조로 이야기하곤 했다.

계절은 그동안 지금까지 조금 늦춰진 걸 되돌리듯이 급속히 앞으로 나아가기 시작했다. 봄과 여름이 거의 동시에 밀려드는 듯했다. 매일 아침 휘파람새와 뻐꾸기 지저귀는 소리가 우리를 깨웠다. 그리고 거의 온종일 주변 숲의 신록이 사방에서 요양원을 습격해 병실 안까지 온통 상쾌한 푸르름으로 물들였다. 그 무렵에는 아침에 산에서 흘러나간 히얀 구름마저도 저녁에는 다시 원래의 산으로 되돌아오는 것 같았다.

우리가 함께 지낸 처음 며칠간, 나는 거의 세쓰코의 머리맡에 꼭 붙어 있었다. 그때 무슨 일이 있었는지 떠올리려고 하면 하루하루가 매력이 없던 것은 아니지만 다 비슷한 날들이었기 때문에, 거의 뭐가 먼저고 뭐가 나중인지 구분하기 힘들었다.

아니, 우리는 그런 유사한 날들을 반복하는 사이에 언제였는지 완전히 시간이라는 개념에서 벗어난 듯한 느낌조차 들 정도였다. 그리고 그런 시간에서 벗어난 날들 속에서 우리 일상생활의 사사로운 부분까지 하나하나가 지금까지와는 전혀 다른 매력을 발휘한다. 내 주변에서 희미한 온기를 갖고 좋은 냄새가 나는 존재, 좀 빠른 호흡, 내 손을 잡는 그 부드러운 손, 그 미소, 그리고 또 이따금 나누는 평범한 대화, 그런 것들을 만약 없앤다면 아무것도 남지 않는 단순한 날들이지만 우리 인생에서 요소라고 해 봤자 실은 이것뿐이다. 그리고 이런 사사로운 것만으로 우리가 이렇게까지 만족할 수 있다고 확신하는 것은 그저 내가 이것을 이 여인과 함께 나누기 때문이다.

그 당시 유일한 사건이라고 하면, 그녀가 가끔 열이 오르는 것 정도였다. 그것은 필시 그녀 몸을 조금씩 좀먹고 있었을 것이다. 하지만 우리는 그런 날 여느 때와 다름없는 비슷한 일과의 매력을 좀 더 세심하고 좀 더 천천히, 마치 금단의 열매 맛을 보려고 몰래 엿보기라도 하듯 조심해서 다루었기 때문에 그때 우리는 다소 죽음의 맛이 나는 삶의 행복을 온전히 지켜낼 수 있었다.

그러던 어느 날 저녁 무렵, 나는 발코니에서, 세쓰코는 침대 위에서, 맞은 편 산등성이에 걸려 넘어가는 석양빛으로 그 주변 산과 언덕, 소나무 숲, 산비탈의 논밭 등이 반쯤은 선명한 암적색을 띠고 반쯤은 아직 불확실하다는 듯 짙은 회색으로 서서히 물들어 가는 것을 함께 넋 놓고 바라보고 있었다. 이따금 그 숲 위로 작은 새들이 무언가 생각났다는 듯이 포물선을 그리며 날아올랐다. 나는 초여름의 노을이 아주 짧은 순간에 만들어내는 주변 경치를 보면서, 모든 게 늘 익숙하긴 하지만, 아마도 지금 아니고서는 이렇게 흘러넘칠 정도로 행복한 느낌을 얻을 수 없으리라고 생각하고 있었다. 그리고 아주 나중이 되어 언젠가 이 아름다운 석양이 내 마음속에 되살아나는 일이 있다면 나는 거기서 우리의 행복 그 자체의 완전한 그림을 발견할 것이라고 꿈꾸고 있었다.

"뭘 그렇게 생각하고 있어요?"

드디어 내 등 뒤에서 세쓰코가 입을 열었다.

"우리가 아주 나중이 돼서 말이야, 지금의 우리 삶을 떠올린다면 그게 얼마나 아름다울까 하고 생각하고 있었어."

"정말로 그럴지도 모르겠네요."

그녀는 내게 동의하는 게 자못 즐겁다는 듯 답했다. 그리고 우리는 얼마간 입을 다물고 다시금 같은 풍경에 빠져들었다. 그런데 그사이 나는 문득 뭔가 이렇게 넋을 잃고 바라보는 게 나인지 내가 아닌지 이상하게 아득하고 종잡을 수 없으며, 어쩐지 괴롭다는 느낌조차 들었다. 그새 나는 내 등 뒤에서 깊은 한숨 소리를 들은 것 같았다. 하지만 그 한숨의 주인이 또 나인 것 같기도 했다. 나는 그걸 확인이라도 하려는 듯 그녀 쪽으로 고개를 돌렸다.

"그렇게 지금의……."

그녀는 나를 물끄러미 쳐다보며 약간 잠긴 목소리로 입을 열었다. 하지만 잠시 주저하는 듯 보였다. 그리고 돌연 지금까지와는 다르게 내팽개치듯 말을 덧붙였다.

"그렇게 오래오래 살 수 있으면 좋겠네요."

"또 그런 말을!"

나는 너무나 답답하다는 듯이 살짝 목소리를 높였다.

"미안해요."

그녀는 그렇게 짧게 답하고 내게서 고개를 돌렸다.

방금까지 있었던 나도 뭔지 알 수 없는 기분이 점점 일종의 초조함으로 바뀌는 듯했다. 그 후 나는 한 번 더 산 쪽을 향해 눈을 돌렸지만, 그때는 이미 그 풍경 위에 순간적으로 생겨난 신비한 아름다움이 사라지고 없었다.

그날 밤 그녀는 내가 옆 방으로 자러 가려 할 때 나를 불러 세웠다.

"아까는 미안했어요."

"이제 됐어."

"나 말이에요. 아까 다른 말을 하려고 했는데……, 나도 모르게 그렇게 말해 버렸어요."

"그럼 아까 하려던 말은 뭐지?"

"……당신, 언젠가 죽어가는 자의 눈에만 자연이 정말로 아름답게 보인다고 한 적 있었죠. ……나, 아까 그 말을 떠올렸어요. 왠지 그때의 아름다움이 그런 것 같아서."

그렇게 말하며 그녀는 내 얼굴을 무언가 호소하듯 바라보았다.

그 말에 가슴이 쿵 내려앉는 듯해서 나는 나도 모르게 눈을 내리깔았다. 그때 돌연 한 생각이 내 뇌리를 스쳤다. 그리고 아까부터 나를 초조하게 하던 어떤 종잡을 수 없는 기분이 드디어 내 안에서 또렷하게 모습을 드러내기 시작했다.

'……그래, 나는 어째서 그녀 생각을 알아차리지 못했을까? 그때 자연에 심취해 있었던 건 내가 아니다. 그건 우리였어. 말하자면 세쓰코의 혼이 내 눈을 통해서, 그리고 그저 내 방식대로 내 꿈을 꾸었을 뿐이야. 세쓰코는 자기 마지막 순간을 꿈꾸고 있었는데 나는 그것도 모르고 멋대로 우리가 오래오래 살았을 때의 일을 생각하고 있었다니…….'

이러저러한 생각에 사로잡혀 있던 내가 겨우 시선을 올릴 때까지 그녀는 방금처럼 나를 가만히 응시하고 있었다. 나는 그 눈을 피하려는 듯 그녀의 위로 몸을 구부리고 이마에 살짝 입을 맞추었다. 나는 진심으로 부끄러웠다…….

*

어느덧 한여름이 되었나. 너위는 평지에서보다도 훨씬 맹렬했다. 뒤편 잡목림에서는 뭔가가 불타기라도 하듯 매미가 온종일 울음을 그치지 않았다. 열어 둔 창문을 타고 나무 기름 냄새까지 들어왔다. 저녁이 되자 문밖에서 조금이라도 편히 숨 쉬려고 발코니까지 침대를 끌어 내놓는 환자들이 많았다. 그런 환자들을 보고 우리는 비로소 요즘 갑자기 요양원 환자들이 늘어났다는 걸 깨달았다. 하지만 우리는 변함없이 다른 사람들과는 상관없이 두 사람만의 생활을 계속

하고 있었다.

요즈음 세쓰코는 더위로 완전히 식욕을 잃고 밤에도 잘 잠들지 못하는 경우가 많은 듯했다. 나는 그녀의 낮잠에 방해되지 않도록 전보다도 한층 복도 발소리나 창문에서 날아드는 벌과 등에 같은 벌레에 신경 쓰기 시작했다. 그리고 더위 탓에 무의식중에 커지는 내 호흡에 마음을 졸이기도 했다.

그렇게 환자 머리맡에서 숨을 죽이며 그녀의 수면을 지키는 것은, 내게도 하나의 수면 행위와 같은 것이었다. 나는 그녀가 잠을 자며 호흡이 빨라지거나 느려지거나 하는 변화를 고통스러울 정도로 또렷이 느꼈다. 나는 그녀와 심장의 고동조차 함께 했다. 때때로 가벼운 호흡곤란이 그녀를 덮치는 듯했다. 그럴 때 그녀는 떨리는 손을 목 있는 데까지 가져가서는 숨을 고르려는 듯 목을 감싸 쥐었다. 나쁜 꿈을 꾸는 게 아닌가 싶어 깨울지 말지를 주저하는 사이 그런 고통의 순간은 지나고 이완 상태가 찾아온다. 그러면 나는 나도 모르게 한숨을 쉬면서 이제 그녀의 고른 호흡에 일종의 쾌감마저 느끼는 것이다. 그리고 그녀가 눈을 뜨면 나는 살짝 그녀의 머리에 입을 맞춘다. 그녀는 아직 졸린 듯한 눈초리로 나를 보았다.

"당신, 거기 있었어요?"

"아, 나도 여기서 좀 졸고 있었어."

밤에 계속해서 잠이 안 오면 나는 마치 버릇이라도 된 듯 무의식중에 손을 목에 가까이 가져가 대고는 목을 감싸 쥐는 흉내를 내곤 했다. 그리고 자신의 행동을 알아차린 후에는 그때부터 진짜 호흡곤란을 느끼는 것이다. 그것은 오히려 내게 쾌감조차 불러일으키는 행동이었다.

"요즈음 왠지 안색이 안 좋은 것 같아요."

어느 날 그녀는 평상시보다 나를 빤히 보며 말했다.

"무슨 일 있는 거 아니에요?"

"아무것도 아니야."

그녀가 그렇게 말해주는 게 마음에 들었다.

"나는 늘 이렇잖아?"

"너무 환자 옆에만 있지 말고 조금 산책이라도 하고 오지 않을래요?"

"이렇게 더운데 산책이라니……. 밤은 밤대로 캄캄하니 못하고……. 게다가 매일 병원 안을 왔다 갔다 하니까 괜찮아."

나는 그런 대화를 그쯤에서 끊을 수 있도록 매일 복도에서 만나곤 하는 다른 환자들의 이야기를 꺼냈다. 종종 어린 환자들이 발코니 한편에 몰려 앉아서 하늘을 경마장 삼아 움직이는 구름을 비슷한 동물에 비유하는 이야기, 어쩐지 기분 나쁠 정도로 키가 큰 중증 신경쇠약 환자가 늘 담당 간호사 팔에 매달려 하염없이 복도를 왕래하고 있는 이야기 등을 들려주곤 했다. 하지만 나는 아직 한 번도 본 적 없지만 늘 그 방 앞을 지날 때마다 으스스하고 어쩐지 오싹한 느낌이 드는 기침 소리를 가진, 예의 그 제17호실 환자 이야기만은 애써 피하려고 했다. 아마 그 사람이 이 요양원 안에서 가장 중증 환자이겠거니 하면서…….

8월도 그럭저럭 하순에 접어들고 있었지만, 아직도 꽤 잠을 이루기 힘든 밤이 계속되고 있었다. 그러던 어느 날 밤, 우리가 잠이 안 와 몸을 뒤척이고 있는데 (이미 훨씬 전에 취침 시간인 9시가 지나 있었다……) 멀리 저편 아래 병동이 왠지 소란스러워지기 시작했다. 게다가 때때로 복도를 종종걸음으로 뛰어가는 듯한 발소리와 나지막한 간호사의 비명, 기구가 날카롭게 부딪히며 내는 소리가 한데 뒤섞였다. 나는 잠시 불안한 마음으로 귀를 기울이고 있었다. 이제는 겨우 진정되었나 싶더니 아까와 똑같은 침묵 속 웅성거림이 거의 동시에 이쪽저쪽 병동에서 일어났고, 결국에는 우리 바로 아래편에서도 들려왔다.

나는 지금 요양원 안을 폭풍처럼 헤집고 다니는 것이 무엇인지 정도는 알고 있었다. 나는 그동안 옆방에 연신 귀를 기울였다. 아까부터 불은 꺼져 있지만, 아직 나처럼 잠들지 못하리라 생각되는 세쓰코의 기척을 살폈다. 환자는 뒤척이지도 않고 가만히 있는 듯했다. 나도 숨막힐 정도로 꼼짝도 하지 않고 그런 폭풍이 저절로 수그러들길 계속해서 기다렸다.

한밤중이 되어서야 겨우 그 소란이 잦아드는 듯했다. 나는 안도의 한숨을 쉬고 깜박 졸고 있었는데, 갑자기 세쓰코가 그때까지 기침을 억누르고 있다가 발작적으로 두세 번 세게 기침을 터뜨려서 잠을 깨게 되었다. 기침은 멈추었지만 나는 아무래도 신경이 쓰여서 슬쩍 옆

방으로 들어갔다. 캄캄한 가운데 그녀 홀로 두려움에 떨고 있었던 모양이다. 세쓰코는 눈을 크게 뜨며 내 쪽을 보고 있었고, 나는 묵묵히 그녀 옆으로 다가갔다.

"아직 괜찮아요."

그녀는 애써 미소 지으며 내게 들릴락 말락 한 작은 목소리로 말했다. 나는 잠자코 침대 옆에 걸터앉았다.

"거기 있어 줘요."

환자는 평상시와는 다르게 마음이 약해진 듯 그렇게 말했다. 우리는 그렇게 뜬눈으로 그날 밤을 지새웠다.

그 일이 있고 2, 3일 후 갑자기 여름 더위가 한풀 꺾이기 시작했다.

*

9월이 되자 비구름이 몰려와 비가 여러 번 오락가락하다가 어느새 줄기차게 쏟아지기 시작했다. 비 때문에 나뭇잎이 노랗게 물들기 전에 썩는 게 아닌가 싶었다. 요양원 병실들도 매일 창문을 꼭 닫아놓아 어둠침침할 정도였다. 바람이 때때로 문을 덜컹거리게 했고, 뒤쪽 잡목림은 단조롭고 음울한 소리를 자아냈다. 바람이 없는 날 우리는 온종일 비가 지붕을 따라 발코니 위로 떨어지는 소리를 듣고 있었다. 그런 비가 겨우 안개처럼 변한 어느 날 이른 아침, 나는 발코니가 접해 있는 가늘고 긴 안뜰이 다소 어슴푸레 밝아오는 것을 창문을 통해 멍하니 내려다보고 있었다. 그때 안뜰 맞은 편에서 안개 같은 빗속을 지나 간호사 한 명이 이쪽을 향해 다가왔다. 여기저기 흐드러지게 피어 있는 들국화와 코스모스를 한 아름 가득 따 안은 그녀는 제17호실 담당 간호사였다.

문득 그런 생각이 들었다.

"아, 그 매일 불쾌한 기침 소리를 내던 환자가 죽었을지도 모르겠네."

나는 비에 젖은 채 뭔가 상기된 모습으로 아직도 꽃을 따고 있는 그 간호사 모습을 바라보며 갑자기 심장이 죄어드는 느낌이 들기 시작했다.

'역시 여기서 제일 위중했던 건 그 사람이었나? 그럼 그 사람이 결국 죽었다면 이번에는?……아, 원장이 그런 말을 안 했다면 좋았을 텐데……'

나는 그 간호사가 커다란 꽃다발을 안은 채 발코니 그늘로 사라지고 나서도 넋이 나간 사람처럼 유리창에 얼굴을 기대고 있었다.

"뭘 그렇게 보고 있어요?"

침대에서 그녀가 내게 물었다.

"이런 빗속에서 아까부터 꽃을 따는 간호사가 있는데, 저게 누굴까?"

나는 그렇게 혼잣말처럼 중얼거리며 겨우 창문에서 떨어졌다.

하지만 그날은 결국 온종일 세쓰코의 얼굴을 똑바로 보지 못했다. 모두 꿰뚫어 보면서도 일부러 모른 척하며 이따금 내 쪽을 지긋이 보는 듯했고, 그런 모습이 나를 더욱 고통스럽게 했다. 이런 식으로 각자 떼어낼 수 없는 불안과 공포를 느끼면서 서로 다른 생각을 해서는 안 되니 잊어버리자고 마음을 돌리다가도, 또 어느새 그 일만을 머리에 떠올리고 있었다. 그리고 결국에는 우리가 요양원에 처음 도착한 눈 내리는 밤에 그녀가 꾸었다는 꿈, 처음에는 듣지 않으려 하다가 결국 그녀에게 듣고 말았던 그 불길한 꿈 이야기까지 이제껏 잊고 있었던 이야기들이 불쑥 떠올랐다. 그 기묘한 꿈속에서 그녀는 시체가 되어 관 속에 누워 있었다. 사람들은 그 관을 메고 어디인지 알 수 없는 들판을 가로지르기도 하고 숲속으로 들어가기도 했다. 그녀는 이미 죽었지만 관 속에서 겨울의 황량한 들판과 검은 전나무 따위를 또렷이 보기도 했고, 그 위를 쓸쓸하게 지나치는 바람 소리를 듣기도 했다. ……그녀는 그 꿈에서 깬 후에도 자신의 귀가 아주 차갑고 전나무의 술렁거림이 아직도 그 귀를 채우고 있음을 생생히 느끼고 있었다…….

안개비가 다시 며칠간 내리는 사이 이미 계절은 뒤바뀌어 있었다. 생각해보니 그렇게 많아졌던 요양원 환자들도 한 명 두 명 떠나고 그 뒤에는 이 겨울을 여기서 넘겨야만 하는 중병 환자들만 남겨져 있었다. 요양원은 다시 여름이 오기 전의 쓸쓸한 분위기로 바뀌고 있었고, 제17호실 환자의 죽음은 이를 돋보이게 했다.

9월 말의 어느 날 아침, 나는 복도 북쪽 창가에서 무심코 뒤쪽 잡목림 쪽으로 시선이 갔는데, 안개가 자욱한 숲속에서 평소와 다르게 사람들이 왔다 갔다 하는 모습이 이상하게 느껴졌다. 간호사들에게 물어봐도 아무것도 모르는 듯했다. 그런 채로 나도 그냥 잊고 있었는데 이튿날도 또 이른 아침부터 두세 명의 인부가 와서 그 언덕 가장자리에 있는 밤나무 같은 걸 벌목하는 게 안개 사이로 흐릿하게 보였다 안 보였다 했다.

그날 나는 우연한 기회에 환자들이 아직 아무도 모르는 듯한 그 전날의 사건을 듣게 되었다. 그것은 예의 그 느낌이 좋지 않던 신경쇠약 환자가 그 숲속에서 목을 매고 자살했다는 이야기였다. 그리고 보니 어떨 때는 하루에 몇 번씩이나 본, 그 담당 간호사 팔에 기대어 복도를 왔다 갔다 하던 커다란 남자가 어제부터 갑자기 자취를 감추었다는 사실을 깨달았다.

"그 남자 차례였나……?"

제17호실 환자가 죽고 나서 완전히 예민해져 있던 나는 그 후 아직 일주일도 채 지나지 않는 사이에 일어난 그 뜻하지 않은 죽음으로 나도 모르게 안도하는 듯했다. 그리고 나는 그런 참혹한 죽음에서 당연히 내가 받았을 찝찝함조차 거의 느끼지 못하고 지나갔다.

'요전에 죽은 사람 다음으로 중병이라 해도 꼭 죽는 건 아니니까 말이야.'

나는 그런 가벼워진 마음을 자신에게 말하기도 했다.

뒤편 숲속의 밤나무가 두세 그루 베이고, 왠지 뭐가 빠진 듯 휑해 보이는 흔적이 남았다. 인부들이 이번에는 그 언덕 가장자리를 허물기 시작했고, 그곳에서 다소 급경사로 내려온 병동 북측의 자그마한

빈터에 그 흙을 운반해서는 근처 일대를 완만한 비탈로 만들기 시작했다. 사람들이 그곳을 화단으로 바꾸는 일을 시작한 것이다.

*

"아버님한테서 편지가 왔어."

나는 간호사로부터 받은 한 꾸러미의 편지 가운데 하나를 세쓰코에게 건네주었다. 그녀는 침대에 누운 채 편지를 받아들자 갑자기 소녀처럼 눈을 빛내면서 그것을 읽기 시작했다.

"어머, 아버지가 오신대요."

여행 중이던 아버님은 돌아오는 길에 조만간 요양원에 들르겠다고 써서 보낸 것이었다.

그것은 10월의 아주 맑은, 그래도 바람은 조금 거친 날이었다. 근래 누워만 있어서 식욕을 잃고 눈에 띄게 야윈 세쓰코는 그날부터 열심히 식사를 챙기고 때때로 침대 위에 일어나 있기도 하고 걸터앉아 있기도 했다. 그녀는 또 가끔 예전 일을 생각하며 혼자 웃음 짓는 일도 있었다. 나는 그녀가 아버지 앞에서만 늘 보이던 소녀다운 미소를 짓는 연습을 한다는 것을 알아차렸다. 나는 그녀가 하는 대로 그냥 내버려 두었다.

그리고 며칠이 지난 어느 날 오후, 그녀의 아버지가 왔다.

그는 얼마 전보다 나이 든 얼굴이었지만, 그것보다도 더 눈에 띈

것은 구부정한 등이었다. 그 모습은 어쩐지 병원 공기를 그가 두려워하는 듯이 보였다. 그는 병실에 들어가자마자 늘 내가 앉던 그녀의 머리맡에 앉았다. 요 며칠 몸을 너무 많이 움직인 탓인지 전날 저녁부터 조금 열이 나서 의사에게 그녀의 기대도 무색하게 아침부터 쭉 안정하라는 지시를 받았다.

딸이 거의 나았으리라고 믿고 있었는데 아직 그렇게 누워만 있는 모습을 보고 조금 불안해하는 듯했다. 그리고 그 원인을 알아보려는 듯 병실 안을 세심하게 돌아보기도 하고, 간호사들의 동작을 하나하나 지켜보고, 그리고 발코니까지 나가 보기도 했는데 그러한 것들이 모두 그를 만족시킨 것 같았다. 그러는 사이 그녀는 점점 흥분해서라기보다도 열 탓에 볼을 장밋빛으로 물들이고 있었는데, 그것을 보고

"그래도 안색은 아주 좋아."

라며 딸이 어딘가 좋아져 있다고 스스로 인정할 수 있도록 그 말만을 반복하고 있었다.

나는 볼일을 핑계로 병실을 나와 그들을 둘이서만 있을 수 있게 했다. 잠시 후 다시 들어가 보자 세쓰코는 침대 위에 일어나 앉아 있었다. 그리고 이불 위에는 아버지가 가져온 과자 상자와 그 밖의 종이 꾸러미들이 가득 펼쳐져 있었다. 그것은 어린 시절 그녀가 좋아한, 그리고 지금도 좋아할 거라고 아버님이 생각하고 있는 듯한 것들이었다. 그녀는 나를 보자 마치 장난치다가 걸린 소녀처럼 얼굴을 붉히며 그것들을 치우고 곧바로 자리에 누웠다.

나는 다소 거북해져서 두 사람한테서 조금 떨어져 창가 의자에 앉

았다. 두 사람은 나 때문에 중단된 이야기를 아까보다도 작은 소리로 이어나가기 시작했다. 그 이야기는 내가 모르는 그들만 아는 사람들이라든지 일에 관한 것들이 많았다. 그중 어떤 것은 그녀에게 내가 알 수 없는 작은 감동조차 주고 있는 것 같았다.

나는 두 사람의 아주 즐거워 보이는 대화를 뭔가 한 폭의 그림이라도 보는 것처럼 번갈아 보며 비교하고 있었다. 그리고 그런 대화 속에서 아버님에게 보여주는 그녀의 표정과 억양에서 뭔가 아주 소녀다운 반짝임이 되살아나고 있다는 걸 알아차렸다. 그리고 그런 아이다운 행복한 모습이 내가 모르는 그녀의 소녀 시절을 상상하게 했다…….

잠시 우리가 단둘이 남았을 때, 나는 그녀에게 다가가 놀리듯 속삭였다.

"세쓰코, 오늘은 어쩐지 낯선 장밋빛 소녀 같아."

"몰라요."

그녀는 마치 어린 소녀처럼 얼굴을 양손으로 가렸다.

*

아버님은 이틀 머물다 가셨다.

출발하기 전, 아버님은 나를 안내자로 삼아 요양원 주변을 걸었다. 그런데 그 목적은 나와 둘만 이야기하기 위해서였다. 하늘에 구름 한 점 없을 정도로 맑게 갠 날이었다. 전에 없이 확연히 적갈색 표면을 보이는 야쓰가타케 산을 손가락으로 가리켜도 아버님은 잠깐 올려다 봤을 뿐 열심히 하던 이야기를 이어갔다.

"여기는 아무래도 그 아이 몸에 안 맞는 게 아닐까? 벌써 반년도 더 지났으니 좀 더 상태가 나아질 법도 한데⋯⋯."

"글쎄요. 올해 여름은 어디든 날씨가 안 좋았잖아요? 게다가 이런 산속 요양원은 겨울이 좋다고들 하는데⋯⋯."

"그거야 겨울까지 참고 있으면 괜찮을지 모르겠지만⋯⋯, 그래도 겨울까지 못 견뎌⋯⋯."

"하지만 본인은 겨울에도 있을 생각인 것 같아요."

나는 이런 산의 고독이 얼마나 우리 행복을 키워주고 있는지 아버님을 이해시킬 수 없어 답답해했다. 하지만 그런 우리를 위해 아버님이 지불하고 있는 희생을 생각하면 그런 말을 하기도 힘들어서 그저 우리의 두서없는 대화를 이어갈 뿐이었다.

"애써 산에 온 거니까 있을 수 있을 때까지 있게 하는 건 어떨까요?"

"⋯⋯하지만, 자네도 겨울까지 함께 있어 주는 건가?"

"예, 물론 있고말고요."

"정말이지 자네에게 미안하네. 그런데 자네, 지금 일은 하는 건가?"

"아니요⋯⋯."

"자네도 아픈 사람만 돌보지 말고 일도 조금씩 해야 할 텐데."

"예, 앞으로 조금씩⋯⋯."하고 나는 우물거렸다.

'그래, 나는 꽤 오랫동안 내 일을 내팽개쳐 놨어. 어떻게든 이제 일도 시작해야 하는데…….'

이런 생각까지 들며 뭔가 나는 가슴이 답답해 왔다. 그리고 우리는 잠시 묵묵히 언덕 위에 서서, 어느새 서쪽에서부터 중천으로 거침없이 퍼지기 시작한 무수한 비늘 모양의 구름을 가만히 올려다보고 있었다.

이윽고 우리는 이미 나뭇잎이 완연히 노래진 잡목림 속을 빠져나와 뒤쪽 길로 병원에 돌아왔다. 그날도 인부 두세 명이 지난번의 그 언덕을 허물고 있었다. 그 옆을 지나며 나는 "확실하진 않지만, 여기에 화단을 만든대요."하고 무심히 말할 뿐이었다.

저녁에 정거장까지 아버님을 배웅하러 갔다가 돌아와 보니, 그녀는 침대에서 몸을 옆으로 돌리며 격렬한 기침에 괴로워하고 있었다. 이렇게 심한 기침은 지금까지 한 번도 없을 정도였다. 그 발작이 조금 진정될 때까지 기다렸다가 물었다.

"어떻게 된 기야?"

"아무것도 아니에요. 금방 멈출 거예요."

그녀는 겨우 그렇게만 답했다.

"물 좀 주세요."

나는 물병에서 물을 컵에 조금 따라 그녀 입에 가져다주었다. 그녀는 물을 한 모금 마시자 잠시 안정을 찾았지만, 그것도 잠시 또다시 방금보다도 더 심한 발작이 그녀를 덮쳤다. 나는 거의 침대 끄트머리까지 몸을 내밀고 몸부림치는 그녀를 어찌할 도리가 없어 그저 이렇게 물어볼 뿐이었다.

"간호사를 부를까?"

"……."

그녀는 그 발작이 진정되고 나서도 계속해서 괴로운 듯 온몸을 뒤튼 채 양손으로 얼굴을 감싸 쥐면서 그저 고개만 끄덕였다.

나는 간호사를 부르러 갔다. 그리고 나를 팽개쳐 두고 앞서 달려간 간호사 뒤를 쫓아 병실에 들어가자, 그녀는 간호사에게 양손으로 부축을 받으며 조금은 편안한 듯한 자세로 돌아와 있었다. 하지만 그녀는 넋이 나간 듯 멍하니 눈을 뜨고 있을 뿐이었다. 발작적인 기침은 일시적으로 멈춘 것 같았다.

간호사는 그녀를 부축하던 손을 조금씩 풀면서

"이제 멈추었네요……. 잠깐만 이대로 가만히 계세요." 하고 흐트러진 담요를 정돈하기 시작했다.

"이제 주사 좀 부탁하러 갔다 올게요."

간호사는 방을 나가면서, 어디에 있으면 좋을지 몰라 문 있는 데에 우두커니 서 있었던 내게 귓속말을 했다.

"혈담이 나와서요."

나는 겨우 그녀 머리맡에 다가갔다.

그녀는 멍하니 눈은 뜨고 있었지만, 왠지 잠들어 있는 것 같았다. 나는 그 창백한 이마에 흐트러진 작은 소용돌이를 일으키고 있는 머리를 쓸어올리며, 축축하게 땀이 밴 그녀의 이마를 손으로 살짝 어루

만졌다. 그녀는 비로소 내 따뜻한 존재를 그것으로 느꼈다는 듯 힐끗 수수께끼 같은 미소를 입술에 머금었다.

*

절대 안정을 취하는 날들이 계속되었다.

병실 창문이 온통 노란 차양으로 뒤덮여 안을 어둠침침하게 했다. 간호사들도 발뒤꿈치를 든 채 걸었다. 나는 거의 환자 머리맡에 붙어 지냈다. 밤에도 혼자 시중을 들었다. 때때로 그녀는 내 쪽을 보고 뭔가 말하고 싶은 듯했다. 나는 그녀가 말하지 못하도록 곧바로 내 입에 손가락을 가져다 댔다.

그런 침묵이 우리를 각자의 생각 속에 빠지게 했다. 하지만 우리는 그저 상대가 무슨 생각인지 가슴 아플 정도로 확실히 느끼고 있었다. 나는 이번 일이 나 때문에 그녀가 희생해 주던 것이 그저 가시적으로 보이게 바뀌었을 뿐이라고 생각하는 동안, 그녀는 또 그녀대로 지금까지 둘이 너무나도 조심조심 키워 온 것을 자신의 경솔함으로 순식간에 망가뜨려 버리지 않았을까 후회하고 있다는 것을 확실히 느꼈다.

그리고 그런 자신의 희생을 희생이라 생각하지 않고 자신의 경솔함만을 자책하고 있는 듯 보이는 그녀의 안쓰러운 생각이 내 마음을 옥죄었다 그러한 희생조차 환자에게 당연한 의무처럼 떠넘기면서, 언제 죽음의 침상이 될지도 모르는 침대에서 이렇게 환자와 함께 즐기듯 맛보는 삶의 쾌락, 이것이야말로 우리를 더없이 행복하게 해 주는 것이라고 믿고 있는 것, 그것은 과연 우리를 정말로 만족시키고 있는 것일까? 우리가 지금 우리의 행복이라고 생각하는 건 우리가 그렇게 믿고 있는 것보다 더 찰나의 것, 더 변덕스러운 것에 가깝지 않을까……?

밤샘 간호에 지친 나는 깜박 잠이 든 그녀 옆에서 그런 두서없는 생각을 하며, 요즈음 걸핏하면 우리의 행복이 무언가에 자꾸 위협받는다는 사실에 불안함을 느끼고 있었다.

하지만 그 위기는 일주일 만에 사라졌다.

어느 날 아침, 간호사가 드디어 병실에서 차양을 걷어내고 창문 일부를 열어젖히고 갔다. 그녀는 창문에서 들어오는 가을 햇살다운 햇살을 받으며

"기분이 좋아."하고 침대에서 기력을 되찾은 듯 말했다.

그녀의 머리맡에서 신문을 펼치고 있던 나는 인간에게 큰 충격을 주는 사건이란 건 오히려 그것이 물러난 뒤에는 오히려 남 일처럼 보이게 되는 법이구나 하고 생각했다. 나는 세쓰코를 힐끗 보며 나도 모르게 놀리듯 말했다.

"이제 아버님이 와도 그렇게 흥분하지 않는 게 좋겠어."

그녀는 얼굴을 약간 붉히면서 그런 내 놀림을 순순히 받아들였다.

"이번에는 아버지가 와도 모른 척할 거예요."

"그걸 세쓰코가 할 수 있다면야……."

그런 식으로 농담을 주고받듯 우리는 서로 상대의 마음을 위로하

면서 어린아이처럼 모든 책임을 그녀의 아버지에게 뒤집어씌웠다.

우리는 아주 자연스럽게 이번 일주일간 있었던 일이 정말 무언가의 실수에 지나지 않은 것처럼 마음이 가벼워지면서, 지금껏 우리를 육체적으로뿐 아니라 정신적으로도 덮쳐왔던 위기를 대수롭지 않은 듯 헤쳐나가고 있었다. 적어도 우리에게는 그렇게 보였다…….

어느 날 밤 나는 그녀 옆에서 책을 읽고 있다가, 갑자기 책을 덮고 창가에 가서 잠시 생각에 잠긴 듯 우두커니 서 있었다. 그리고 다시 그녀 옆으로 돌아와 책을 집어 들고 읽기 시작했다.

"무슨 일이에요?"

그녀는 얼굴을 들고 내게 물었다.

"아무것도 아니야."

나는 대충 그렇게 답하고 몇 초간 책에 빠져 있는 책 했지만, 결국은 입을 열었다.

"여기 와서 너무 아무 일도 안 해서 지금부터라도 일해 볼까 생각하고 있었어."

"맞아요, 일을 해야 해요. 아버지도 그걸 걱정하고 있었어요."

그녀는 진지한 표정으로 답했다.

"나 같은 사람만 생각하지 말고……."

"아니, 세쓰코에 대해서는 더욱더 생각하고 싶어……."

나는 그 순간 머리에 떠오른 소설에 대한 막연한 아이디어를 바로 그 자리에서 쫓아가며 혼잣말처럼 중얼거렸다.

"난 세쓰코에 관한 소설을 쓰려고 해. 무엇보다 다른 건 지금의 나로서는 생각할 수 없어. 우리가 이렇게 서로 주고받는 이 행복, 모두가 이제 막다른 길이라고 생각하는 곳에서 시작되는 이 삶의 즐거움, 그런 아무도 모르는 우리만의 것을 나는 더 확실한 것으로, 좀 더 형태를 가진 것으로 바꾸어 보고 싶어. 내 말 이해하지?"

"이해해요."

그녀는 마치 내 생각이 자기 생각이라도 되는 것같이 금방 답했다. 하지만 그리고는 입을 약간 비죽거리며 웃더니

"나에 대한 거라면 마음대로 쓰세요." 하고 별것 아니라는 듯 덧붙였다.

하지만 나는 그 말을 있는 그대로 받아들였다.

"아, 그거야 내가 마음대로 쓰고말고. 하지만 이번 건 세쓰코도 힘을 많이 보태 줘야 해."

"내가 할 수 있는 일이에요?"

"아, 세쓰코는 내가 일하는 동안 머리끝에서 발끝까지 행복하면 돼. 안 그러면……."

혼자서 멍하니 생각하는 것보다 이렇게 둘이서 함께 생각하는 편이 더 자신의 머리가 활발히 움직이는 걸 이상하게 생각하면서도 나는 계속해서 떠오르는 발상에 사로잡힌 듯 어느새 병실 안을 왔다 갔다 하기 시작했다.

"너무 환자 옆에만 있으니 기운이 없는 거예요. 산책이라도 좀 하고 오지 않을래요?"

"응, 나도 일하게 되면." 하고 눈을 빛내며 기운차게 대답했다.

"산책도 많이 할 거야."

*

나는 그 숲을 나섰다. 큰 연못을 사이에 두고 맞은편에 보이는 숲을 넘어 야쓰가타케 산기슭 일대가 내 눈앞에 끝없이 펼쳐진 곳에 다다랐다. 멀리 앞쪽 숲에 거의 닿을락 말락 한 곳에 작은 마을과 경사진 경작지가 가로놓여 있었고, 그 마을 한 편에 몇 개의 붉은 지붕을 날개처럼 펼친 요양원 건물이 아주 작으면서도 또렷이 보였다.

나는 이른 아침부터 어디를 어떻게 걷고 있는 건지 알 수 없었다. 그저 발 가는 대로 생각에 완전히 몸을 맡긴 채 숲에서 숲으로 길을 헤매고 있었다. 가을의 맑은 공기가 뜻밖에 눈앞에 데려온 요양원의 작은 모습은 그것을 불쑥 눈에 넣은 순간 갑자기 자신이 뭔가에 홀렸다가 눈 뜬 기분이 되었고, 그 건물 안에서 많은 환자에게 둘러싸여 매일매일을 무심하게 보내는 우리 생활이 얼마나 이상한지 그곳에서 벗어나 비로소 깨닫기 시작했다. 그리고 아까부터 자신 안에 용솟음치던 창작 욕구가 여기저기 밀려들면서 나는 그런 우리의 기묘한 날들을 이상하리만큼 애처로운, 그리고 정적인 이야기로 바꾸기 시작했다.

'세쓰코, 이제껏 어떤 누구도 이런 식으로 사랑한 적 없었어. 지금까지 너라는 존재도 나라는 존재도 없었으니까……'

내 몽상은 우리에게 일어난 갖가지 일들 위를 어떨 때는 신속하게 어떨 때는 가만히 한곳에 머무르며 한없이 주저하고 있는 듯이 보였다. 나는 세쓰코에게서 멀리 떨어져 있었지만, 그러는 동안 끊임없이 그녀에게 말을 걸고 그녀의 대답을 들었다. 우리에 관한 이야기는 삶 그 자체처럼 끝이 없는 것 같았다. 그리고 이야기는 어느새 그 자체의 힘으로 살아 움직이기 시작해서, 나와 관계없이 멋대로 펼쳐졌다. 걸핏하면 한곳에 머물곤 하는 나를 그곳에 남긴 채 이야기 자체가 마치 그런 결과를 갖고 싶어하기라도 하듯 병든 여주인공의 서글픈 죽음을 조작하기 시작했다. 육체의 마지막을 예감하면서, 그 얼마 남지 않은 힘을 다해 애써 쾌활하게, 애써 고귀하게 살려고 하던 여인, 연인의 품에 안겨 그저 남겨질 자의 슬픔에 가슴 아파하며, 자신은 사뭇 행복하다는 듯이 죽어간 여인, 그런 여인의 영상이 허공에 그려진 듯 확연히 떠오른다.

'남자는 자신들의 사랑을 한층 더 순수한 것으로 만들려고 병든 여인을 꾀다시피 해서 산속 요양원에 들어간다. 하지만 죽음이 그들을 위협하게 되고, 남자는 과연 이렇게 그들이 얻으려고 하는 행복을 완전히 얻는다 한들 이것이 그들 자신을 만족시킬 수 있을지 차츰 의심하게 된다. 하지만 여인은 죽음의 고통 속에서도 마지막까지 자신을 성실히 보살펴 준 남자에게 감사하면서 사뭇 만족스럽게 죽어간다. 그리고 남자는 그런 고귀한 사자(死者)에게 구원받아 비로소 자신들의 사사로운 행복을 믿을 수 있게 된다……'

그런 이야기의 결말이 마치 그곳에서 나를 기다리고 있었던 것으로 보였다. 그리고 갑자기 그렇게 임종을 맞이한 여인의 영상이 뜻밖에도 격렬한 기세로 나를 덮쳐왔다. 나는 마치 꿈에서 깬 것처럼 뭐라말할 수 없는 공포와 수치에 휩싸였다. 그리고 그런 몽상을 스스로 떨쳐내듯 앉아 있던 너도밤나무 그루터기를 박차고 일어섰다.

태양은 이미 높이 솟아 있었다. 산과 숲, 마을과 밭, 그런 모든 것이가을의 온화한 햇살 속에 아주 평화롭게 드러나 있었다. 저편에 작게보이는 요양원 건물 안의 모든 것들도 필시 매일의 습관을 반복하고있을 것이다. 그러는 사이 문득 그런 낯선 사람들 사이에서 일상의 습관과 상관없이 홀로 남겨져 우두커니 나를 기다리고 있을 세쓰코의쓸쓸해 보이는 모습이 머리에 떠올랐다. 나는 갑자기 그게 너무 신경이 쓰여 서둘러 산길을 내려가기 시작했다.

나는 건물 뒤편 숲을 빠져나와 요양원으로 돌아갔다. 그리고 발코니를 돌아서 가장 끝 병실로 다가갔다. 세쓰코는 내가 왔다는 것을 눈치채지 못한 채, 침대 위에서 언제나처럼 머리끝을 손가락으로 만지작거리며 다소 슬픔을 머금은 눈빛으로 허공을 바라보고 있었다. 나는 유리창을 손가락으로 두드리려다가 그만두고 그런 그녀의 모습을가만히 지켜보았다. 그녀는 무언가의 위협을 겨우 견뎌내는 것 같았지만, 자신이 그런 모습을 하고 있다는 것 자체를 알아차리지 못하는듯 멍하니 있었다. 나는 터질듯한 심장을 부여안고 그런 낯선 그녀의모습을 응시하고 있었다. 갑자기 그녀의 얼굴이 밝아진 듯했다. 그녀는 고개를 들고 미소마저 지었다. 그녀가 나를 알아차린 것이었다.

나는 발코니를 통해 병실로 들어가 그녀 옆으로 다가갔다.

"무슨 생각을 하고 있었어?"

"아무것도……."

그녀의 목소리는 왠지 다른 사람 목소리 같았다.

내가 그대로 아무 말도 하지 않고 조금 우울한 듯이 가만히 있자 그녀는 비로소 본래의 자신으로 돌아간 듯한 친근한 목소리로

"어디 다녀왔어요? 꽤 오래 있었네요."

하고 내게 물었다.

"저쪽에."

나는 대충 발코니 정면에서 보이는 먼 숲 쪽을 가리켰다.

"아니, 저기까지 갔어요? ……일은 할 수 있을 것 같아요?"

"응, 뭐……."

나는 아주 퉁명스럽게 대답하고 한동안 다시 원래대로 침묵을 지켰다. 그러다 느닷없이 조금 긴장된 목소리로 물었다.

"세쓰코, 지금 생활에 만족해?"

그녀는 그런 엉뚱한 질문에 잠시 움츠러든 것 같았다. 하지만 곧 나를 가만히 마주 보며 자못 확신에 찬 듯이 고개를 끄덕였다. 그리고는

"왜 그런 걸 묻는 거죠?" 하고 의아스럽다는 듯이 되물었다.

"나는 왠지 지금의 생활이 내 변덕에서 생긴 일이 아닌가 생각했어. 그런 걸 마치 큰일이라도 되는 양 이렇게 네게도……."

"그런 말 하지 말아요." 그녀는 급히 내 말을 가로막았다.

"그런 말 하는 것 자체가 당신 변덕이에요."

하지만 나는 그런 말에는 아직 만족할 수 없다는 듯한 표정을 보였

다. 그녀는 그런 내 침울한 모습을 잠시 머뭇거리며 지켜보고 있었지만 결국 못 참겠다는 듯 입을 열었다.

"내가 여기서 이렇게 만족하고 있다는 걸 당신은 모르겠나요? 아무리 몸이 안 좋을 때도 나는 한 번도 집에 돌아가고 싶다고 생각한 적이 없어요. 만약 당신이 내 옆에 있어 주지 않았다면 난 정말 어떻게 되었을까요? ……아까도 당신이 없는 동안에 말이죠. 처음에는 그래도 당신이 돌아오는 게 늦으면 늦을수록 돌아왔을 때의 기쁨이 더 커지겠지 싶어 억지로 버텼지만, 이젠 돌아오리라 믿고 있었던 시간을 훌쩍 지나도 안 돌아오니까 나중에는 정말 불안해졌어요. 그러자 늘 당신과 함께 있는 이 방마저 왠지 낯선 방처럼 느껴지고 무서워져서 방을 뛰쳐나가고 싶을 정도였어요. ……하지만 그러다 겨우 당신이 언젠가 했던 말을 떠올리니 마음이 좀 편안해졌어요. 당신이 언젠가 내게 이렇게 말했죠. 지금의 우리 생활을 아주 나중이 돼서 떠올려 보면 얼마나 아름답겠느냐고……."

그녀는 점점 잠겨가는 목소리로 말을 마치고는 그것이 미소인지 무엇인지 알 수 없게 입가를 비틀며 나를 물끄러미 바라보았다.

그녀의 말을 듣고 있는 사이에 나는 참을 수 없을 정도로 가슴이 벅차올랐다. 하지만 그런 자신의 감동한 모습을 그녀에게 보이는 것이 두려워 슬쩍 발코니로 나갔다. 그리고 그 위에서 일찍이 우리의 행복을 그곳에 완전히 그려냈다고도 생각했던 그 초여름 저녁의 노을과 닮은, 하지만 그것과는 전혀 다른 가을 오전의 빛. 더 차갑고 더 깊이 있는 빛을 띤 주변 일대의 풍경 속에 빠져들기 시작했다. 그때의 행복과 닮은, 하지만 더욱 가슴이 불타오르는 듯한 낯선 감동으로 나 자신이 가득 차 있는 것을 느끼면서…….

겨울

1935년 10월 20일

오후에 나는 언제나처럼 세쓰코를 남겨둔 채 요양원을 나섰다. 논밭에서 수확 때문에 바삐 일하는 농부들 사이를 빠져나와 잡목림을 뒤로 하고 그 산의 움푹 들어간 곳에 자리 잡은 인적 없는 작은 마을로 내려왔다. 그리고는 작은 실개천에 걸린 현수교를 넘어 그 마을 건너편 기슭에 있는 밤나무가 빼곡한 낮은 산을 타고 올라가 그 위쪽 비탈진 곳에 앉았다. 거기서 나는 몇 시간이고 밝고 편안한 마음으로 앞으로 착수하려고 하는 이야기 구성에 빠져 있었다. 이따금 아래쪽에서 아이들이 밤나무를 흔들어 밤송이를 떨어뜨렸는데, 그 소리가 계곡 전체에 울려 퍼져 큰 소리를 내는 바람에 놀라기도 했다.

그런 내 주변에 보고 들리는 모든 것은 우리 삶의 과실이 이미 무르익었음을 알리고, 그것을 빨리 수확하라고 자신을 재촉이라도 하는 것 같았다. 그런 느낌이 나는 좋았다.

드디어 해가 저물어 맞은 편 잡목림 그늘이 계곡 마을을 가리는 게 보였다. 나는 조용히 일어나 산에서 내려왔고, 다시 현수교를 건너 이쪽저쪽에서 물레방아가 덜컹덜컹 소리를 내며 끊임없이 도는 작은 마을을 한 바퀴 돌아보았다. 그리고는 이제 슬슬 그녀가 내가 돌아오길 기다리겠다 싶어 잰걸음으로 야쓰가타케 산기슭 일대에 펼쳐진 낙엽 솔숲을 빠져나와 요양원으로 돌아왔다.

10월 23일

이른 새벽녘, 나는 내 가까이에서 나는 듯한 이상한 소리에 놀라 눈을 떴다. 그리고 잠시 귀를 기울였지만, 요양원 전체는 쥐 죽은 듯 고요했다. 그러고 나니 눈이 말똥말똥해지고 잠이 오지 않았다.

나는 작은 나방이 달라붙어 있는 창문을 통해 아직 두세 개 희미하게 빛나는 새벽 별을 멍하니 쳐다보고 있었다. 하지만 그러는 사이에 그런 새벽하늘이 어쩐지 쓸쓸하다는 느낌이 들었다. 나는 슬쩍 자리에서 일어나 뭘 하려 했는지는 모르겠지만, 맨발로 아직 어두운 옆방 병실로 들어갔다. 그리고 침대에 가까이 가서 세쓰코의 자는 얼굴을 고개를 숙이고 보았다. 그러자 그녀는 뜻밖에 눈을 반짝 뜨고 나를 올려다보며

"무슨 일이에요?"하고 의아하다는 듯 물었다.

나는 아무것도 아니라는 눈짓을 하며 그대로 서서히 그녀 위에 몸을 굽히고 이젠 더는 참을 수 없다는 듯 그녀의 얼굴에 자신의 얼굴을 밀어붙였다.

"아이, 차가워요."

그녀는 눈을 감으며 고개를 살짝 움직였다. 머리카락 냄새가 희미하게 났다. 우리는 그대로 서로의 숨결을 느끼며 언제까지나 그렇게 가만히 뺨을 맞대고 있었다.

"어머, 또 밤이 떨어졌나 봐요⋯⋯."

그녀는 실눈을 뜨고 나를 보며 그렇게 속삭였다.

"아, 저게 밤이었구나⋯⋯. 저것 때문에 방금 잠이 깼어."

나는 조금 상기된 목소리로 그렇게 말하며 살짝 그녀에게서 떨어져 어느새 점점 밝아지기 시작한 창가로 다가갔다. 그리고 그 창에 기대어 이제 막 어느 쪽에서 번져 나오기 시작한 건지 알 수 없는 뜨거운 눈물이 내 볼을 타고 내려오는 걸 내버려 둔 채, 맞은편 산등성이에 구름 몇 점이 움직이지 않고 그 주변이 붉은색으로 번져나가는 걸 지켜보고 있었다. 그제야 밭에서 소리가 들리기 시작했다⋯⋯.

"그러다 감기 걸려요."

침대에서 그녀가 작은 소리로 말했다.

나는 뭔가 가벼운 어조로 답하고 싶다고 생각하며 그녀 쪽을 돌아보았다. 하지만 눈을 크게 뜨고 염려스러운 듯 나를 응시하는 그녀의 눈과 마주치자 그런 말은 나오지 않았다. 나는 묵묵히 창가에서 벗어나 내 방으로 돌아갔다.

그리고 몇 분 지나자 그녀는 새벽녘이면 늘 그렇듯 참았다 터뜨리는 심한 기침을 토해냈다. 나는 다시 침상으로 기어들어 뭐라 말할 수 없는 불안한 마음으로 그 소리를 듣고 있었다.

10월 27일

나는 오늘도 또 산과 숲에서 오후를 보냈다.

주제 하나가 온종일 내 머릿속을 떠나지 않는다. 진정한 약혼이라는 주제, 두 사람은 너무나도 짧은 일생을 얼마나 서로 행복하게 해 줄 수 있을까? 거역할 수 없는 운명 앞에 조용히 고개를 떨군 채 서로의 마음과 마음, 몸과 몸에 온기를 채우면서 함께 서 있는 남녀의 모습, 그런 한 쌍의 쓸쓸해 보이는, 그러면서도 어딘가 즐거운 구석이 있기도 한 우리의 모습이 내 눈앞에 또렷이 나타난다. 지금 내가 이게 아니고서 그 무엇을 그릴 수 있나……?

저녁 무렵 나는 끝없는 산기슭을 온통 노랗게 물들이며 경사져 있는 낙엽 솔숲 가장자리를 언제나처럼 빠른 걸음으로 돌아오고 있었다. 마침 저만치 요양원 뒤편에 있던 잡목림 끝자락에 사선으로 비추는 햇살을 받아 눈부실 정도로 머리를 빛내며 서 있는 키 큰 젊은 여인 한 명이 보였다. 나는 잠시 멈춰 섰다. 아무래도 그건 세쓰코 같았다. 하지만 그런 곳에 혼자서만 있는 걸로 보아 과연 그녀인지 아닌지 알 수 없어 나는 전보다 좀 더 걸음을 재촉했다. 점점 가까이 가 보니 그건 역시 세쓰코였다.

"어떻게 된 거야?"

나는 그녀 옆으로 달려가 숨을 헐떡이며 물었다.

"여기서 당신을 기다리고 있었어요."

그녀는 얼굴을 약간 붉히며 웃으며 답했다.

"이렇게 막 돌아다녀도 되는 거야?"

나는 옆에서 그녀의 얼굴을 쳐다보았다.

"한 번 정도는 괜찮아요……. 게다가 오늘은 정말 컨디션이 좋은걸요."

애써 쾌활한 목소리로 말하면서 그녀는 다시 가만히 내가 달려온 산기슭 쪽을 바라보았다.

"당신이 오는 게 저만치서부터 보였어요."

나는 아무 말 없이 그녀 옆에 나란히 서서 같은 방향을 응시했다.

그녀는 다시 쾌활하게 말했다.

"여기까지 나오니 야쓰가타케가 다 보이네요."

"응."

나는 별생각 없이 대답했다. 그런데 그녀와 어깨를 나란히 하고 그 산을 보고 있는 사이에 갑자기 뭔가 이상하게 혼란스러운 느낌이 들기 시작했다.

"세쓰코와 이렇게 저 산을 바라보는 게 오늘이 처음이지. 그런데 나한테는 지금까지 여러 번 함께 저 산을 봤던 것만 같은 느낌이 들어."

"그럴 리 없잖아요?"

"아니, 그래……. 나는 이제야 비로소 깨달았어……. 우리 말이야. 아주 오래 전에 이 산을 바로 맞은편에서 이렇게 함께 본 적이 있어. 아니, 세쓰코와 함께 본 건 여름이었는데 그때는 언제나 구름에 막혀서 거의 아무것도 보이지 않았지……. 하지만 가을에 혼자서 그곳에 가 보니 저 너머 지평선 끝에 이 산이 지금과는 반대편에서 보이는 거야. 멀리 보이던 그 산이 무슨 산이었는지 전혀 몰랐는데 확실히 여기 같아. 마침 그 방향이야. ……세쓰코! 억새가 무성하게 자라던 그 들판 기억하지?"

"네."

"정말 묘하네. 지금 그 산기슭에서 이렇게 지금까지 아무것도 모르고 함께 지냈다니……."

꼭 2년 전 가을의 마지막 날, 우리는 끝없이 이어지는 무성한 억새 사이로 지평선 위에 처음 또렷이 보이기 시작한 이 산들을 멀리서 바라보며 슬플 정도로 사무치게 행복했었다. 그렇게 그녀와 언젠가 반드시 함께 할 거라고 꿈꾸던 자신의 모습이 너무나도 그립고 선명하게 떠올랐다.

우리는 침묵에 빠졌다. 상공을 나는 철새 떼가 소리도 없이 쓱 가로질러 가는, 그 첩첩이 들어선 산들을 바라보며 우리는 처음과 같은 애처로운 마음으로 어깨를 맞댄 채 우두커니 서 있었다. 그리고 우리의 그림자가 점점 길어지며 풀 위를 기어가도록 그대로 내버려 두었다.

이윽고 바람이 조금 부나 싶더니 우리 등 뒤의 잡목림이 갑자기 술렁이기 시작했다. 나는 "이제 슬슬 돌아가자."하고 불쑥 생각 난 듯 그녀에게 말했다.

우리는 끊임없이 낙엽을 떨구고 있는 잡목림 안으로 들어갔다. 나는 때때로 멈추어 그녀를 조금 앞세우며 걸었다. 2년 전 여름, 숲속 산책을 할 때 나는 그저 그녀가 보고 싶어서 그녀를 일부러 나보다 두세 걸음 앞세우며 걷곤 했다, 그런 갖가지 사소한 추억이 뇌리에 가득 차올라 내 가슴은 터질 것 같았다.

11월 2일

밤에는 등불 하나가 우리를 옆에 꼭 붙어 있게 했다. 이젠 그 불빛 아래에서의 침묵에도 익숙해져서 내가 열심히 우리 삶의 행복을 주제로 한 이야기를 쓰고 있자면 그 전등갓 그림자가 드리워진 어슴푸레한 침대 위에 세쓰코는 있는지 없는지 모를 정도로 조용히 누워 있었다. 때때로 내가 고개를 들면 아까부터 가만히 나를 바라보고 있었던 것처럼 나를 보고 있다.

"이렇게 당신 곁에 있기만 하면 나는 그걸로 돼요."

이렇게 말하고 싶다는 듯이 애정을 담은 눈빛이다. 아, 그것이 얼마나 지금의 내게 우리가 소유하고 있는 행복을 믿게 하고, 그 행복에 확실한 형태를 부여하려고 노력하는 나를 도와주고 있는 건지 모른다!

11월 10일

겨울이 되었다. 하늘은 드넓어지고 산들은 점점 가까워진다. 그 산마루에는 눈구름 같은 게 꼼짝하지도 않고 가만히 있을 때가 있다. 그런 아침이면 산에서 눈에 쫓겨 내려온 건지 발코니 위까지 평상시 그리 본 적 없는 작은 새들로 가득 찬다. 그런 눈구름이 사라진 뒤에는 하루 정도 그 산마루 부근만 희끄무레해지기도 한다. 그리고 요즈음 몇몇 봉우리에는 그런 눈이 그대로 눈에 띌 정도로 남아 있었다.

나는 몇 년 전 이런 겨울의 쓸쓸한 산악지대에서 사랑스러운 그녀와 둘이서만 세상을 등지고 서로 애달프게 생각할 정도로 사랑하면서 지내는 것을 종종 꿈꾸던 때를 떠올린다. 나는 내가 어릴 때부터 잊지 않던 감미로운 인생에의 끝없는 꿈을, 사람들이 두려워하는 가혹할 만한 자연 속에서 송두리째 조금의 가감도 없이 실현해보고 싶었다. 그러기 위해서는 아무래도 이런 진정한 겨울, 쓸쓸한 산악지대여야만 했다…….

새벽이 밝아올 무렵, 나는 아직 병든 그녀가 잠들어 있는 사이에 살짝 일어나, 산속 오두막에서 눈 속으로 활기차게 뛰어간다. 주변 산들은 새벽빛을 받으며 장밋빛으로 빛나고 있다. 나는 옆 농가에서 막 짠 산양 젖을 받아 완전히 꽁꽁 얼어붙은 몸으로 돌아온다. 그리고 나는 난로에 장작을 지핀다. 이윽고 그것은 타닥타닥 활발한 소리를 내며 타기 시작하고, 그 소리에 비로소 그녀가 눈을 뜬다. 이제 나는 곱은 손으로, 하지만 사뭇 즐겁다는 듯이 지금 우리의 산속 생활을 그대로 써 내려간다…….

오늘 아침, 나는 그런 자신의 수년 전 꿈을 떠올렸다. 어디에도 없을 듯한 판화 같은 겨울 풍경을 눈앞에 펼쳐놓고 통나무집 안의 여러 가구 위치를 바꾸기도 하면서 이런저런 것들을 나 자신에게 묻기도 했다. 그리고 결국 그런 배경은 뿔뿔이 흩어졌고 흐릿하게 사라졌다. 그저 내 눈앞에는 꿈에서 오로지 그것만 현실로 빠져나온 것처럼 조금 눈이 쌓이다 만 산들과 벌거숭이 나무들, 차가운 공기만이 남아 있었다…….

나는 혼자 먼저 식사를 마쳤기 때문에 창가에 의자를 옮기고 그런 추억에 빠져 있었다. 그때 문득 이제 막 식사를 끝내고 그대로 침대 위에 일어나 앉아 왠지 지친 기색으로 멍하니 산 쪽을 쳐다보는 세쓰코를 돌아보았다. 그리고는 머리카락이 조금 흐트러진 그녀의 야윈 얼굴을 전에 없이 측은하게 바라보기 시작했다.

'내 꿈이 이런 곳까지 세쓰코를 데리고 오게 된 게 아닐까?'

나는 뭔가 후회에 가까운 심정이 가득 차올라 속으로 그녀를 향해 말했다.

'그런데도 요즈음 나는 내 일에만 신경을 쓰고 있어. 그리고 이렇게 네 옆에 있을 때도 나는 지금의 너에 대해서 전혀 생각하고 있지 않아. 그러면서 나는 일하며 너에 대해 더욱더 생각하고 있다고, 너한테도 그리고 나한테도 말하고 있어. 그렇게 어느새 나는 우쭐해져서 너보다도 내 보잘것없는 꿈 따위에 이렇게 시간을 허비하고 있는 거야…….'

그렇게 뭔가를 말하고 싶어 하는 내 눈초리를 느낀 것인지 그녀는 침대 위에서 웃음기 없이 진지하게 나를 마주하고 있었다. 요즈음 언제부터인지는 모르겠지만, 전보다도 훨씬 오랫동안 더욱더 서로를 옥죄듯이 눈과 눈을 마주하는 것이 우리의 습관이 되어 있었다.

11월 17일

나는 이제 이삼일 지나면 노트를 완성할 것이다. 우리의 이러한 생활에 대해 적다 보면 끝이 없을 것 같다. 그것을 어찌 됐든 일단 끝내기 위해서는 나는 뭔가 결말을 내지 않으면 안 되겠지만, 지금도 또한 이렇게 이어지는 우리의 삶에 어떤 결말도 내고 싶지 않다. 아니, 낼 수가 없다. 오히려 지금 있는 그대로의 모습으로 이야기를 끝맺는 것이 가장 좋을 것 같다.

지금 있는 그대로의 모습?……나는 지금 어떤 이야기에서 읽은 "행복했던 추억만큼 행복을 방해하는 것은 없다."라는 말을 떠올리고 있다. 현재 우리가 서로 나누고 있는 것은 일찍이 우리가 서로 나누던 행복과는 전혀 달라져 있는데! 우리의 모습은 그때 말한 행복과 닮았지만, 그것과는 꽤 다른 훨씬 더 가슴이 터질 만큼 애처로운 것이다. 이런 진짜 모습이 아직 우리 삶의 표면에도 제대로 안 나타나 있는데, 이대로 내가 그냥 쫓아가다가 과연 거기에서 우리의 행복 이야기에 걸맞은 결말을 찾을 수 있을까? 왠지는 모르겠지만 나는 내가 아직 확실히 모르는 우리 삶의 측면에 그저 우리의 그런 행복에 적의를 품은 무언가가 숨어 있을 것 같다는 생각이 자꾸만 든다…….

나는 어딘가 불안한 마음으로 그런 생각들을 하며 불을 끄고 이미 잠들어 있을 그녀 옆을 지나치려고 했다. 그러다 문득 멈춰 서서 어둠 속에 하얗게 떠 있는 그녀의 잠든 얼굴을 물끄러미 바라보았나. 나소 움푹 들어간 그녀의 눈 주변이 때때로 가늘게 경련을 일으키는 것 같앉고, 내게는 그것이 무언가에 위협이라도 받는 모습처럼 보였다. 이게 단순히 내 말로 표현하기 힘든 불안감 때문에 이런 식으로 느끼게 되는 것일까?

11월 20일

나는 지금까지 써 놓은 노트를 모두 다시 한번 읽어 보았다. 내가 의도했던 바에 대해 이 정도라면 대충 내가 만족할 정도로는 쓴 것 같았다.

하지만 그와는 별도로 나는 그것을 읽고 있는 내 안에서 이야기의 주제를 이루고 있는 나 자신의 '행복'을 이미 온전히는 맛볼 수 없게 된, 정말로 예상치 못한 불안감 속에 갇힌 내 모습을 발견하기 시작했다. 그리고 내 생각은 어느새 그 이야기 자체에서 벗어나 있었다.

'이 이야기 속의 우리는 우리에게 허락된 사소한 삶의 즐거움을 맛보면서 그것만으로도 서로를 특별히 행복하게 해 줄 수 있다고 믿고 있어, 적어도 그것만으로도 나는 내 마음을 붙잡아 둘 수 있다고 생각했어. 그런데 우리가 너무 많은 걸 바란 걸까? 그리고 내가 내 삶의 욕구를 조금 얕본 걸까? 그래서 지금 내 마음을 붙잡아 놓았던 끈이 갈래갈래 찢기려 하는 걸까……?'

'가엾은 세쓰코…….'

나는 책상 위에 내팽개쳐진 노트를 정리하려고도 하지 않고 계속해서 생각에 잠겼다.

'세쓰코는 내가 스스로 눈치채지 못한 척 굴던 내 삶의 욕구를 침묵 속에 간파하고 그걸 동정했던 것이었어. 그리고 그게 또 이렇게 나를 괴롭히기 시작한 거야. 어째서 난 이런 내 모습을 그녀에게 끝까지 숨기지 못했던 걸까? 나는 왜 이렇게 약한 걸까⋯⋯.'

　세쓰코는 전등 그림자가 드리워진 침대에 누워 아까부터 눈을 반쯤 감고 있었다. 그녀에게 시선이 가자, 나는 거의 숨이 막힐 듯했다. 나는 전등 빛이 비치는 곳에서 떨어져 조용히 발코니 쪽으로 다가갔다. 작은 달이 뜬 밤이었다. 달은 구름 덮인 산과 언덕, 숲 따위를 윤곽만 희미하게 알아볼 수 있을 정도로 해 주었다. 그 외의 것은 거의 모두가 탁한 푸른빛을 띤 어둠 속에 녹아들어 있었다. 그러나 내가 보고 있던 것은 그런 것들이 아니었다. 나는 언젠가 초여름 석양이 지던 때, 둘이서 애처로울 정도의 동정심을 갖고 우리의 행복을 마지막까지 가져갈 수 있을 거라 믿고 바라보았던, 아직 어느 하나 사라지지 않은 추억 속의 산이며 언덕이며 숲 따위를 생생히 마음속에 되살리고 있었다. 그리고 우리마저 그 일부가 되어 버린 듯한 그 한순간의 풍경을 이런 식으로 여태껏 수도 없이 되살렸다. 결국 지금은 그 풍경들도 어느새 우리 존재의 일부가 되어, 이제 계절과 함께 변화해가는 모습들이 우리 눈에는 거의 보이지 않게 되어 버릴 정도였다⋯⋯.

　'그런 행복한 순간을 우리가 가질 수 있었다는 것은, 그것만으로도 이미 우리가 이렇게 함께 살 만한 가치가 있었다는 뜻이 아닐까?'

　나는 그렇게 자신에게 묻고 있었다.

　등 뒤에서 가벼운 발소리가 났다. 그것은 분명 세쓰코임에 틀림없었다. 하지만 나는 뒤돌아보려 하지 않고 그대로 가만히 있었다. 그녀도 또한 아무 말 없이 내게서 조금 떨어진 곳에 서 있었다. 그래도 나는 그녀의 숨결이 느껴질 정도로 그녀를 가까이 느끼고 있었다. 이따금 차가운 바람이 발코니 위를 소리 없이 스쳐 지나갔다. 저 멀리 마른 나무에서 휘몰아치는 소리가 났다.

"무슨 생각 해요?"

결국 그녀가 입을 열었다.

나는 거기에 곧바로 대답하지 않았다. 그러다가 갑자기 그녀 쪽으로 뒤돌아보고 어색한 듯이 웃으며 "세쓰코는 알고 있지?"하고 되물었다.

그녀는 뭔가 덫이라도 두려워하듯 조심조심 나를 보았다. 그녀를 보며 나는 "내 일에 대해서 생각하고 있었어."라며 천천히 말하기 시작했다.

"도무지 좋은 결말이 안 떠올라. 나는 우리가 허송세월이나 하며 산 것처럼 이야기를 끝내고 싶지는 않아. 어때, 세쓰코도 나랑 이 부분을 생각해보지 않을래?"

그녀는 나를 향해 미소 지어 보였다. 그러나 그 미소는 어딘가 아직 불안해 보였다.

"하지만 어떤 걸 썼는지도 모르잖아요."

그녀는 주저하며 작은 목소리로 말했다.

"그랬나?"

나는 다시 한번 애매한 웃음을 지으며 말했다.

"그럼 조만간 한 부분 읽어줄게. 하지만 아직 첫 부분도 남들에게 읽어 줄 만큼 정리돼 있진 않아서 말이지."

우리는 방으로 돌아왔다. 나는 다시 등불 옆에 앉아 그곳에 내팽개쳐 놓았던 노트를 집어 들어 보았다. 그녀는 그런 내 뒤에 서서 내 어깨에 손을 살짝 얹고는 어깨 너머로 노트를 들여다보려고 했다. 나는 갑자기 뒤돌아보며,

"세쓰코는 이제 자는 게 나아."하고 메마른 목소리로 말했다.

"네."

그녀는 순순히 대답하고 내 어깨에서 손을 살짝 주저하다가 뗀 후 침대로 돌아갔다.

"왠지 잠이 안 올 것 같아요."

2, 3분 지나자 그녀가 침대에서 혼잣말처럼 중얼거렸다.

"그럼 불 꺼 줄까? ……나는 이제 괜찮아."

그렇게 말하며 나는 불을 끄고 일어나 그녀의 머리맡으로 다가갔다. 그리고 침대 가장자리에 걸터앉아 그녀의 손을 잡았다. 우리는 잠시 그대로 어둠 속에 묵묵히 있었다.

아까보다 바람이 거세진 것 같다. 숲 여기저기에서 끊임없이 소리가 휘몰아쳤다. 바람이 종종 요양원 건물에 부딪히며 어딘가의 창문에서 덜컹거리는 소리를 냈고, 나중에는 우리 방 창문까지 삐걱거리게 했다. 그녀는 겁에 질린 듯 계속해서 내 손을 놓지 않고 있었다. 그리고 눈을 감은 채 그녀 안의 어떤 움직임에 집중하려는 듯 보였다. 그러던 중 그녀의 손의 힘이 느슨해져 왔다. 그녀가 잠든 척을 하려는

것 같았다.

"자. 그럼 이제 내 차례인가……."

그런 말을 중얼거리며 나는 그녀와 마찬가지로 잠이 안 올 것 같았지만, 억지로라도 자기 위해 자신의 캄캄한 방으로 들어갔다.

11월 26일

요즘 나는 자꾸만 새벽녘에 잠이 깬다. 그럴 때면 나는 살짝 자리에서 일어나 세쓰코의 잠든 얼굴을 찬찬히 바라본다. 침대 가장자리나 유리병 따위는 점점 누렇게 바래고 있는데 그녀의 얼굴만은 언제까지나 창백하다.

"가엾은 사람."

내 입버릇이라도 된 것처럼, 나는 무의식중에 이 말을 하곤 한다.

오늘 아침에도 새벽녘에 눈을 뜬 나는 한참 세쓰코의 잠든 얼굴을 바라보다가, 까치발로 방을 빠져나가 요양원 뒤편, 벌거숭이 숲이라 해도 될 만한 메마른 숲으로 들어갔다. 어느 나무든 죽은 잎사귀가 두세 장 남아 바람에 맞서고 있을 뿐이었다. 그 공허한 숲을 벗어났을 때, 야쓰가타케 산봉우리를 막 떠난 태양이 남쪽에서 서쪽으로 걸쳐 늘어선 산들 위로 낮게 깔려 꼼짝도 하지 않던 구름 덩어리를 순식간에 붉게 비추기 시작했다. 하지만 그런 새벽빛도 아직 좀처럼 지상에 닿으려 하지 않았다. 산들 사이에 자리 잡은 겨울의 메마른 숲과 밭, 황무지는 이제 모든 이에게서 버려진 듯한 모습을 하고 있었다.

나는 그 메마른 숲 끝에서 이따금 발길을 멈추다가도 추위에 나도 모르게 제자리걸음을 하며 주변을 거닐고 있었다. 그러다 무슨 생각을 했는지 자신도 기억이 안 나는 생각들을 두서없이 하던 나는 불쑥 고개를 들었다. 하늘이 어느새 온통 빛을 잃은 어두운 구름으로 뒤덮여 있었다. 그걸 깨닫자 방금까지 그토록 아름답게 타오르던 새벽빛이 지상에 닿기만을 손꼽아 기다렸던 사람처럼, 갑자기 뭔가 재미없다는 듯이 빠른 걸음으로 요양원으로 되돌아갔다.

세쓰코는 이미 잠에서 깨어 있었다. 하지만 내가 돌아온 것을 보고도 그녀는 내키지 않는 듯 힐끗 올려다볼 뿐이었다. 그리고 아까 잠들어 있을 때보다 훨씬 창백한 얼굴을 하고 있었다. 그녀 머리맡에 다가가 머리카락을 만지작거리며 이마에 입을 맞추려 하자 그녀는 약하게 고개를 흔들었다. 나는 아무것도 묻지 않은 채 슬픈 표정으로 그녀를 바라보았다. 그러나 그녀는 그런 나를, 아니, 오히려 그런 나의 슬픔을 보지 않으려는 듯 초점 없는 시선으로 허공을 응시하고 있었다.

밤

아무것도 모르고 있던 건 나뿐이었다. 오전 진찰이 끝난 후, 수간호사가 나를 복도로 불러내었다. 그리고 나는 처음으로 세쓰코가 오늘 아침, 내가 모르는 사이 소량의 각혈을 토해냈다는 이야기를 들었다. 그녀는 내게 그런 말을 하지 않았다. 각혈은 위험할 정도는 아니었지만 만일을 위해 한동안 담당 간호사를 곁에 두라고 원장이 지시하고 갔다고 한다. 나는 동의할 수밖에 없었다.

나는 담당 간호사가 곁에 있는 동안 마침 비어 있는 옆 병실로 옮겨가기로 했다. 나는 지금 둘이 쓰던 방과 모든 것이 비슷한, 그러면서도 낯설기 그지없는 방 안에서 혼자 이 일기를 쓰고 있다. 이렇게 몇 시간 전부터 앉아 있는데도 이 방은 여전히 공허하다. 마치 여기 아무도 없는 것처럼 등불마저 차갑게 빛나고 있다.

11월 28일

나는 노트가 거의 완성되었음에도 전혀 손대려 하지 않고 책상 위에 내팽개쳐 놓았다. 그녀에게는 그걸 완성하기 위해서라도 잠시 따로 지내는 편이 좋겠다고 말해 두었다.

하지만 어떻게 노트에 쓴 것처럼 우리가 행복했던 상태로, 지금과 같은 불안한 마음을 안고 나 홀로 돌아갈 수 있단 말인가?

나는 매일, 두세 시간에 한 번씩 옆 병실로 가 잠시 세쓰코의 머리맡에 앉아 있다. 하지만 환자가 말하는 게 제일 좋지 않다고 해서, 거의 아무 말 없이 있는 경우가 많다. 간호사가 없을 때도 둘이서 말없이 손을 잡고 서로 가능한 눈이 마주치지 않도록 하고 있다.

그런데 어쩌다 눈이 마주치기라도 하면 그녀는 마치 우리가 처음 만났던 시절에 보였던 것처럼 내게 잠시 멋쩍은 미소를 지어 보인다. 하지만 곧바로 눈을 돌려 허공을 보며 그런 처지에 놓인 것에 조금의 불평도 없이 가만히 잠이 들었다. 그녀는 내게 일이 잘 진척되고 있는지 물어보았다. 나는 고개를 저었다. 그때 그녀는 안됐다는 표정으로 나를 보았다. 그리고는 더는 그런 질문을 하지 않게 되었다. 그렇게 하루는 여느 날처럼 마치 아무 일도 없다는 듯이 조용히 지나간다.

그리고 그녀는 내가 그녀를 대신해 아버님께 편지를 부치는 것도 싫다고 했다.

나는 밤늦게까지 아무 일도 안 하고 책상을 마주한 채 앉아 있었다. 발코니 위로 떨어지는 등불 그림자가 창가에서 멀어지면 멀어질수록 점점 희미해지고 사방이 어둠에 휩싸이는 모습이 마치 내 마음속 같아 멍하니 지켜보고 있었다. 어쩌면 세쓰코도 아직 잠들지 못하고 내 생각을 하고 있는지도 모르겠다고 생각하면서…….

12월 1일

요즘 왜 그런지 내 방 불빛을 쫓아 모여드는 나방이 다시 늘어난 것 같다.

밤이 되면 어디선가 날아온 나방이 굳게 닫힌 창문 유리에 심하게 부딪힌다. 그 타격으로 자기도 상처를 입지만 여전히 삶을 쫓아 결사적으로 유리에 구멍을 내려 한다. 그게 시끄러워 불을 끄고 침대에 누워도, 한동안은 미친 듯 파닥이다가 점점 그 움직임이 잦아들어 결국 어딘가에 찰싹 달라붙는다. 그리고 이튿날이 되면 나는 늘 창가 밑에서 썩은 낙엽처럼 보이는 죽은 나방을 발견한다.

오늘 밤도 그런 나방 한 마리가 끝내 방안으로 날아들더니 아까부터 내 앞 등불 주위를 미친 듯이 빙글빙글 돌고 있다. 이윽고 툭 하고 소리를 내며 내 종이 위에 떨어진다. 그리고 계속해서 그 자리에서 움직이지 않는다. 그러다 자신이 살아 있다는 걸 그제야 알아차린 듯 갑자기 날아오른다. 자기가 뭘 하고 있는지조차 모르는 것 같다. 잠시 후 또다시 툭 하고 소리를 내며 종이 위에 떨어진다.

나는 이상한 두려움에 그 나방을 쫓으려고도 하지 않고 오히려 사뭇 무관심하게 종이 위에서 나방이 죽게 내버려 둔다.

12월 5일

저녁 무렵, 우리 둘만 있었다. 담당 간호사는 방금 식사하러 갔다. 겨울 해가 이미 서쪽 산등성이 너머로 기울고 있었다. 그리고 그 저물어 가던 햇살이 점점 싸늘해 가는 방 안을 갑자기 환하게 밝히기 시작했다. 나는 세쓰코의 머리맡에서 히터에 발을 두고 손에 들고 있던 책 위로 몸을 숙이고 있었다. 그때 세쓰코가 불쑥

"어머, 아버지!"하고 나지막이 외쳤다.

나는 그만 움찔 놀라며 그녀 쪽으로 고개를 들었다. 세쓰코의 눈이 그 어느 때보다 빛나고 있었다. 하지만 나는 아무렇지도 않은 듯 그녀의 외침을 못 들은 척하며

"지금 뭐라 했지?"하고 물어보았다,

그녀는 한동안 답하지 않았다. 하지만 그 눈은 한층 더 빛나는 듯했다.

"저기 보이는 낮은 산 왼쪽 끄트머리에 햇살이 조그맣게 비치는 곳 있잖아요?"

세쓰코는 겨우 결심한 듯 침대에서 손가락으로 그쪽을 가리키더니 뭔가 하기 어려운 말을 억지로 끄집어내기라도 하는 것처럼, 이번에는 그 손가락을 자신의 입에 가져다 대며 말했다.

"저기 아버지랑 옆모습이 똑같은 그림자가 늘 이 시간이면 생겨나요. 봐요, 지금 막 생겼는데, 모르겠어요?"

그녀의 손가락 끝을 따라가 보니 그 낮은 산이 그녀가 말하는 곳임을 금방 알 수 있었다. 단지 그 주변에는 저물어 가는 햇살로 확연히 드러난 주름진 능선밖에 보이지 않았다.

"이제 사라져요……. 아, 아직 이마 부분은 남아 있네."

그제야 나는 아버님의 이마와 비슷한 능선을 볼 수 있었다. 그것은 아버님의 다부진 이마를 떠올리게 했다.

'저런 그림자에서까지 아버지 모습을 찾고 있었던 건가? 아, 세쓰코는 아직 온몸으로 아버님을 느끼고 있고, 부르고 있구나…….'

하지만 순식간에 어둠이 그 낮은 산을 삼켜 버렸다. 그리고 모든 그림자가 사라졌다.

"세쓰코, 집에 가고 싶은 거지?"

나는 무심코 마음속에 떠오른 첫마디를 그만 입 밖으로 꺼내고 말았다.

그리고 바로 불안한 듯 세쓰코의 눈을 바라보았다. 그녀는 냉담한 눈빛으로 나를 돌아보았지만, 곧바로 시선을 돌리며

"네, 어쩐지 돌아가고 싶어졌어요."하고 들릴락 말락 잠긴 목소리로 답했다.

나는 입술을 깨문 채 기척을 내지 않고 침대 옆을 떠나 창가 쪽으로 걸어갔다.

등 뒤에서 그녀가 살짝 떨리는 목소리로 말했다.

"미안해요……, 하지만 지금 잠시뿐이에요……. 이런 기분, 곧 괜찮아질 거예요……."

나는 창가에서 팔짱을 낀 채 말없이 서 있었다. 산기슭에는 이미 어둠이 내려앉아 있었지만, 산등성이에는 아직 희미한 빛이 감돌고 있었다. 순간 목을 조이는 듯한 공포가 나를 덮쳐 왔다. 나는 휙 뒤를 돌아보았다. 그녀는 양손으로 얼굴을 감싸고 있었다. 갑자기 모든 게 우리에게서 사라질 것만 같은 불안감이 가득 차올랐다. 나는 침대 쪽으로 성큼성큼 다가가 세쓰코의 얼굴에서 억지로 손을 떼어냈다. 그녀는 내게 저항하려고 하지 않았다.

그녀의 높게 솟은 이마, 이미 고요한 광채마저 뿜고 있는 눈, 꼭 다문 입가. 그 무엇 하나도 전혀 변한 곳이 없었지만, 그 어느 때보다도 더욱 범하기 어려운 존재로 보였다. 그리고 나는 아무것도 아닌 일에 그토록 두려워하는 나 자신이 도리어 어린아이 같았다. 나는 갑자기 몸에서 힘이 빠져나가는 듯 털썩 무릎을 꿇고는 침대 가장자리에 얼굴을 묻었다. 그녀의 손이 내 머리카락을 가볍게 어루만지는 것을 느끼면서 그렇게 언제까지나 고개를 파묻은 채 움직이지 않았다.

이미 방 안에까지 어두움이 밀려왔다.

죽음의 그림자 계곡

1936년 12월 1일 K 마을에서

거의 3년 반 만에 찾은 이 마을은 이미 온통 눈으로 뒤덮여 있었다. 일주일도 더 전부터 내리다가 오늘 아침 비로소 그쳤다고 한다. 식사 준비를 부탁해 놓은 마을의 젊은 아가씨와 그 남동생, 남자아이 것으로 보이는 작은 썰매에 내 짐을 싣고 앞으로 겨울을 보낼 산속 오두막까지 옮겨다 주었다. 나는 그 썰매 뒤를 따라가다가 중간에 몇 번이나 미끄러질 뻔했다. 그만큼 골짜기 눈이 꽁꽁 얼어붙어 있었다……

내가 빌린 오두막은 그 마을에서 약간 북쪽으로 들어간 한 작은 골짜기에 자리 잡고 있었다. 예전부터 그 일대에 외국인 별장이 많이 들어서 있었는데 그중에서도 제일 구석에 있는 집이었다. 이곳에서 여름을 보내려고 찾아오는 외국인들이 이 계곡을 가리켜 행복의 골짜기라 부른단다. 이런 인적 끊긴 쓸쓸한 계곡을 뭘 보고 도대체 행복의 골짜기라는 것인지 알 수가 없다. 이제 온통 눈에 파묻힌 채 버려신 별장들을 하나씩 지나치면서 계곡을 오르는 두 사람 뒤를 자꾸만 뒤처져 따라가는 사이에, 불쑥 입에서 행복의 골짜기와는 정반대의 이름마저 튀어나오려 했다. 나는 뭔가 주저라도 하듯 숨을 삼켰지만, 다시 생각을 바꾸이 입 밖으로 뱉어버렸다. 죽음의 그림자 계곡…… 그래, 이편이 훨씬 이 골짜기에 어울릴 것 같다. 적어도 한겨울, 이런 곳에서 쓸쓸한 홀아비 생활을 하고자 하는 내게는 말이다. 이런 생각들을 하며 드디어 내가 빌린 제일 안쪽 오두막 앞까지 도달해 보니, 작은 베란다는 겨우 구색만 갖추고 있었고, 나무껍질로 지붕을 인 오두막 주변은 눈 위로 무언가 정체를 알 수 없는 발자국이 가득 찍혀 있었다. 밥을 해 주러 온 아가씨는 닫힌 오두막으로 먼저 들어가 덧문 따위를 열고 있었고, 그동안 나는 그녀의 남동생으로부터 이건 토끼, 이건 다람쥐, 그리고 이건 꿩, 하며 정체불명의 발자국에 대해 하나하나 배우고 있었다.

잠시 후 나는 반쯤 눈에 파묻힌 베란다에 서서 주위를 둘러보았다. 그곳에서 내려다보니 지금 우리가 올라온 골짜기는 꽤 멋지면서도 아담한 계곡 중 하나였다. 아, 방금 먼저 혼자 썰매를 타고 돌아간 그 어린 남동생의 모습이 벌거숭이 나무들 사이에 보였다 안 보였다 한다. 아이가 아래쪽 고목 숲으로 사라질 때까지 그 귀여운 모습을 지켜보면서 계곡 일대를 한번 둘러보고 나니 아무래도 오두막 정리도 끝난 듯하다. 나는 처음 오두막 안으로 발을 들여 보았다. 벽까지 온통 삼나무 껍질로 발라져 있을 뿐 천장도 아무것도 없을 정도로 생각했던 것보다 더 허름했지만 나쁜 느낌이 들지는 않았다, 곧바로 2층에도 올라가 보니 침대며 의자며 모든 게 두 사람 분씩 있다. 마침 너와 나를 위한 것처럼. 그러고 보니 정말 이런 산속 오두막에서 너와 단둘이서 고즈넉하게 살게 되기를 옛날의 내가 얼마나 꿈꾸었던가……!

저녁 식사 준비가 끝나자 나는 곧바로 마을 아가씨를 집으로 돌려보냈다. 그리고 혼자 난로 옆에 커다란 탁자를 끌고 와서는, 그 위에서 글쓰기부터 식사까지 모든 일을 해결하기로 했다. 그때 문득 머리 위에 걸려 있던 달력이 아직 9월에 머물러 있다는 사실을 깨달았다. 일어나서 지난 부분을 떼어내고 오늘 날짜에 표시했다. 그리고 실로 1년 만에 이 수첩을 펼쳤다.

12월 2일

어딘가 북쪽 산에서 자꾸만 눈보라가 치는 모양이다. 어제는 손에 잡힐 듯 가까이 보이던 아사마산(淺間山)도 오늘은 온통 눈구름에 뒤 덮였고, 그 안쪽에서는 날씨가 거칠어진 것 같다. 이 산기슭 마을까지 그 영향으로 종종 해가 밝게 비치면서도 눈발이 팔랑팔랑 끊임없이 날리고 있다. 어쩌다 문득 그런 눈 일부가 골짜기 위에 걸치기라도 하 면 그곳에서 벗어나 남쪽으로 죽 이어진 산들 주변은 푸른 하늘이 선 명하게 보이지만, 골짜기에는 온통 그늘이 드리워지며 한바탕 맹렬 한 눈보라가 친다. 그런가 하면 또 일시에 확 해가 비친다…….

이렇게 골짜기가 끊임없이 변화하는 광경을 잠깐 창가에서 바라 보다가 곧바로 다시 난로 옆으로 돌아오곤 했는데, 그렇게 왔다 갔다 한 탓인지 나는 뭔가 어수선한 기분으로 하루를 보냈다.

점심 때쯤, 보따리를 진 마을 아가씨가 버선발로 눈 속을 와 주었 다. 그녀는 손부터 얼굴까지 동상에 걸린 듯했지만 순진하고 게다가 무엇보다 말이 없는 게 마음에 들었다. 다시 어제처럼 식사 준비만 시 킨 뒤 바로 집으로 돌려보냈다. 그리고 나는 벌써 하루가 다 가기라도 한 것처럼 난로 옆에서 떨어지지 않고, 아무것도 하지 않은 채, 불어오는 바람에 장작이 타닥타닥 소리를 내며 타들어 가는 것을 멍하니 지켜보고 있었다.

그대로 밤이 되었다. 홀로 찬밥을 먹고 나자 내 기분도 어느 정도 차분해졌다. 눈은 별일 없이 그친 모양이었지만, 대신 바람이 불기 시작했다. 불길이 조금이라도 수그러들어 소리가 약해지면 그 틈에 골짜기 바깥쪽 고목 숲에서 휘몰아치는 소리가 갑자기 가깝게 들리곤 했다.

한 시간쯤 후, 나는 익숙지 않은 난롯불에 얼굴이 달아올라 바깥바람을 쐬려고 오두막을 나왔다. 그리고 잠시 캄캄한 문밖을 돌아다니다가, 겨우 얼굴이 차가워져서 다시 안으로 들어가려 했다. 그때 비로소 안에서 새어 나오는 불빛을 통해 아직도 계속해서 가는 눈발이 흩날리고 있다는 걸 깨달았다. 오두막으로 들어오자 살짝 젖은 몸을 말리기 위해 다시 불가로 다가갔다. 하지만 그렇게 다시 불을 쬐는 사이 내가 몸을 말리고 있다는 사실도 잊어버린 듯 멍하니 내 안에 있는 한 추억을 떠올리게 되었다.

그것은 작년 이맘때쯤, 우리가 있던 산속 요양원 주변에 꼭 오늘 밤처럼 눈발이 흩날리는 깊은 밤의 일이었다. 나는 자꾸만 요양원 입구에 가서 전보로 부른 너의 아버지가 오기를 이제나저제나 기다리고 있었다. 결국 아버님은 한밤중이 다 돼서 도착했다. 하지만 너는 그런 아버님을 힐끗 보고는 입가에 살짝 미소 비슷한 것을 띄울 뿐이었다. 아버님은 아무 말 없이 그런 너의 초췌한 얼굴을 가만히 지켜보고 있었다. 그리고는 때때로 무척이나 불안한 시선으로 나를 보았다. 하지만 나는 이를 못 본 척하며 그저 너만을 바라보고 있었다. 그러던 중 갑자기 네가 뭔가 웅얼거리는 듯해서 가까이 다가가니 너는 거의 들릴락 말락 한 작은 소리로 내게 말했다.

"당신 머리카락에 눈이 달려 있어요."

지금 이렇게 홀로 불가에 웅크리고 앉아 문득 떠오른 그때의 추억에 이끌리듯 무심히 내 손을 머리에 가져갔다. 머리카락은 언제 그렇게 됐는지 젖어 있었고 차가웠다.

나는 손을 가져가기 전까지 전혀 그것을 눈치채지 못하고 있었다…….

12월 5일

요 며칠 날씨가 말할 수 없을 정도로 좋다. 아침나절에는 베란다 가득 햇살이 비치고 바람도 없어 아주 따뜻하다. 오늘 아침에는 드디어 베란다에 작은 탁자와 의자를 끄집어내서 눈 덮인 골짜기를 앞에 두고 아침 식사를 시작했을 정도다. 정말이지 이렇게 혼자 있는 것이 좀 아깝다고 생각하며 아침을 먹던 중, 무심코 바로 눈앞에 있는 메마른 관목 그루터기를 보니 어느새 꿩이 날라 와 있다. 그것도 두 마리가 눈 속 먹이를 찾아 바스락거리며 돌아다니고 있다.

"어이, 이리 와 봐. 꿩이 와 있어."

나는 마치 네가 오두막 안에 있는 듯 상상하며 작게 혼잣말하고는 가만히 숨을 죽이고 꿩을 지켜보았다. 네가 무심결에 발소리라도 내지 않을까 걱정까지 하면서…….

그 순간, 어느 집 지붕 눈인지 와르르 골짜기 전체에 굉음을 울리며 무너져 내렸다. 나는 그만 가슴이 철렁해져서, 마치 새들이 내 발치에 있다 날아가기라도 한 듯 어안이 벙벙한 표정으로 날아오르는 꿩 두 마리를 보고 있었다. 그와 거의 동시에, 네가 내 바로 옆에 서서 버릇처럼 묵묵히 눈만 크게 뜬 채로 나를 빤히 바라보던 기억이 고통스러울 만큼 생생히 떠올랐다.

오후에 나는 처음으로 오두막이 있는 골짜기를 내려와 눈 덮인 마을을 한 바퀴 돌았다. 이 마을의 여름에서 가을까지의 모습밖에 모르는 나는 지금 온통 눈 덮인 숲과 길, 내가 온종일 틀어박혀 있는 오두막 따위가 다 어디서 본 듯하면서도 도무지 그 이전의 모습이 떠오르지 않았다. 옛날에 내가 즐겨 돌아다녔던 물레방아 길에는 어느새 내가 모르는 사이 작은 천주교 성당마저 들어서 있었다. 게다가 칠하지 않은 원목으로 만든 성당은 눈 덮인 뾰족한 지붕 아래로 벌써 거무스름한 벽을 보이고 있었다. 그런 모습이 그 주변 일대를 내게 한층 더 낯설게 느껴지게 했다. 그리고서 나는 아직 깊게 쌓인 눈을 헤치며 너와 자주 거닐던 숲속으로도 들어가 보았다. 이윽고 나는 전에 본 적이 있는 듯한 전나무 한 그루를 발견했다. 어렵사리 가까이 다가가 보니 그 전나무 안에서 날카로운 새 울음소리가 들려왔다. 그 앞에 멈춰 서자 이제껏 본 적이 없는 푸른빛을 띤 새 한 마리가 조금 놀랐는지 날개를 푸드덕거리며 날아올랐다가 이내 다른 가지 위에 옮겨가 오히려 내게 덤빌 듯이 재차 깍깍 울어댔다. 나는 마지못해 그곳을 떠났다.

12월 7일

집회당 옆의 메마른 겨울 숲에서 갑자기 두 번 정도 뻐꾸기 우는 소리가 들린 듯했다. 그 소리가 아주 멀리서 들리는 것 같기도 하고 또 아주 가까이서 들리는 것 같기도 해서 주변의 메마른 덤불 속과 고목 위, 하늘까지 둘러보았지만, 그 이후 뻐꾸기 우는 소리는 들리지 않았다.

역시 아마 내가 잘못 들은 모양이었다. 그런데 그 이전에 주변의 메마른 덤불과 고목, 하늘은 온통 그리운 그 여름의 모습으로 다시 돌아와 내 안에 선명히 되살아나고 있었다…….

하지만 3년 전 여름 이미 이 마을에서 내가 가지고 있던 모든 것을 잃어버리고 지금의 내게는 무엇 하나 남아 있지 않다는 사실을 진정으로 알게 된 것도 바로 그와 함께였다.

12월 10일

요 며칠, 어찌 된 일인지 네 모습이 전혀 생생하게 떠오르지 않는다. 그리고 때때로 이런 고독이 견딜 수 없게 느껴진다. 아침나절, 난로 안에 쌓아 두었던 장작에 불이 잘 붙지 않아 결국 납납한 마음에 마구 휘저으려고 한다. 그럴 때만 너는 홀연히 내 옆에 나타나 걱정스

러워한다. 그러면 나는 비로소 마음을 고쳐먹고 새롭게 장작을 쌓아
놓는다.

또 오후에 마을에라도 잠깐 다녀올까 싶어 골짜기를 내려갈 때도
있지만 요즘은 눈이 녹아 길이 아주 엉망이다. 결국은 금방 진흙으로
무거워지는 신발 때문에 걷기가 너무 힘들어 대개 중도에 되돌아와
버린다. 그리고 아직 눈이 얼어붙은 골짜기에 접어들면 나도 모르게
잠시 안도하지만, 이번엔 그곳에서 오두막까지 또 숨이 끊어질 듯한
오르막길이다. 그래서 자칫 맥이 풀릴까 싶어 마음을 다잡으려고

"나 비록 죽음의 그림자 계곡을 지날지라도 화를 두려워하지 않
네. 당신이 나와 함께 계시니."하고 어슴푸레 기억나는 시편 문구까
지 떠올리며 자신을 달래 본다. 하지만 그런 문구도 내게는 그저 공허
하게 느껴질 뿐이었다.

12월 12일

저녁에 물레방아 길을 따라 지난번 그 아담한 성당 앞을 지나치자
그곳 일꾼인 듯한 남자가 진창이 된 눈길 위로 꼼꼼히 석탄재를 뿌리
고 있었다. 나는 그 남자 옆으로 가 겨울에도 계속 이 성당이 열리는
지 슬쩍 물어보았다.

"올해는 이제 2, 3일 안에 닫는다고 하네요."

남자는 잠시 석탄재 뿌리는 손을 멈추고 대답했다.

"작년에는 겨우내 계속 열었는데 올해는 신부님께서 마쓰모토에

가셔서요⋯⋯."

"이런 겨울에도 이 마을에 신자들이 있나요?"라며 나는 노골적으로 물었다.

"거의 없어요. 대개 매일 신부님 혼자서 미사를 드려요."

우리가 그런 이야기를 서서 하고 있는데, 때마침 외출 나갔던 곳에서 독일인으로 보이는 신부가 돌아왔다. 이번에는 일본어는 미숙해도 붙임성은 좋아 보이는 그 신부에게 내가 붙잡혀 무언가 질문을 받을 차례였다. 그런데 결국 내가 뭘 잘못 듣기라도 한 건지, 그는 내일 일요일 미사 때에 꼭 와 달라고 자꾸만 권유하는 것이었다.

12월 13일, 일요일

아침 9시경, 나는 딱히 바라는 것도 없는데 그 성당에 갔다. 작은 촛불이 켜진 제단 앞에서 이미 신부는 벌써 부제 한 명과 함께 미사를 시작하고 있었다. 신자도 아무것도 아닌 나는 어찌 해야 좋을지 몰라 그저 소리를 안 내게 조심하며 제일 뒤쪽에 있는 짚으로 만든 의자에 그대로 살짝 걸터앉았다. 그런데 겨우 실내의 어두움에 눈이 익숙해지자 그때까지 아무도 없는 줄 알았던 신도들 자리 제일 앞줄 기둥 그늘에 온통 검은 옷으로 몸을 감싼 중년 부인 한 명이 웅크리고 있는 게 눈에 들어왔다. 그리고 그 부인이 아까부터 계속 무릎을 꿇고 있었다는 사실을 깨닫자 나는 갑자기 그 성당 안 한기가 온몸으로 느껴졌다⋯⋯.

그리고서도 미사는 한 시간 가까이 계속되었다. 미사가 끝나갈 무렵, 그 부인이 불쑥 손수건을 꺼내 얼굴에 대는 것이 보였다. 하지만 왜 그러는 것인지는 알 수 없었다. 잠시 후 마침내 미사가 끝났는지 신부는 신도들 쪽은 돌아보지 않고 그대로 옆에 있는 작은 방으로 들어갔다. 그 부인은 여전히 꼼짝도 하지 않고 있었다. 그 사이 나만 살짝 성당을 빠져나왔다.

그날은 좀 흐린 날이었다. 나는 그 후 눈 녹은 마을 안을 뭔가 허전한 마음으로 정처 없이 헤매었다. 옛날에 너와 자주 그림 그리러 가던, 한가운데 자작나무 한 그루가 우뚝 서 있던 들판에 가 보았다. 아직 나무 밑동에만 눈이 남아 있는 자작나무에 그리운 듯 손을 대었고 그 손가락이 추위에 얼어붙을 때까지 서 있었다. 하지만 나는 그때의 네 모습도 거의 떠올리지 못했다. 결국 나는 그곳에서 벗어나 뭐라 표현할 수 없는 쓸쓸함에 싸여 고목 사이를 지나고 단숨에 골짜기를 올라 오두막으로 돌아왔다.

그렇게 숨을 헐떡이며 나도 모르게 베란다 바닥에 주저앉아 있자니, 그런 헝클어진 내게 네가 홀연히 다가왔다. 하지만 나는 그런 너를 모른 척하며 멍하니 턱을 괴고 있었다. 그런데도 그런 너를 그 어느 때보다 더 생생하게, 마치 네 손이 내 어깨에 올려져 있는 게 아닐까 하고 여겨질 정도로 생생하게 느꼈다…….

"식사 준비 다 됐는데요."

오두막 안에서 아까부터 내 귀가를 기다리고 있었던 듯, 마을 아가씨가 밥 먹으라며 나를 불렀다. 훅하고 현실로 돌아왔다. 이대로 조금만 더 내버려 두면 좋았을 텐데 하며 평소와 달리 시무룩한 얼굴로 오두막 안으로 들어갔다. 그리고 아가씨에게는 말 한마디 없이 평상시처럼 혼자만의 식사를 했다.

저녁 무렵, 왠지 아직 짜증이 덜 풀린 기색으로 그녀를 돌려보냈는데 잠시 시간이 흐르자 그런 게 좀 후회되기 시작했다. 나는 다시 그냥 베란다로 나갔다. 그리고 또 아까처럼(하지만 이번에는 너 없이) 멍하니 아직 꽤 눈이 쌓여 있는 골짜기를 내려다보고 있는데, 누군가가 천천히 고목 사이를 헤치고 골짜기를 좌우로 살피면서 점점 이쪽으로 올라오고 있었다. 어디를 찾아온 걸까 생각하며 계속 쳐다보니 그것은 내 오두막을 찾아 올라오는 듯해 보이는 신부였다.

12월 14일

어제저녁, 신부와 약속한 대로 성당을 찾았다. 내일 성당 문을 닫고 바로 마쓰모토로 떠난다는 신부는 나와 이야기를 하면서도 때때로 짐 꾸리는 일꾼에게 뭔가를 지시하러 가기도 했다. 그리고 이 마을에서 신도 한 명이 생기려 하는데 지금 이곳을 떠나야 하는 게 너무나 안타깝다는 말을 반복했다. 나는 곧 어제 교회에서 본 역시 독일인 같아 보이는 중년 부인을 떠올렸다. 그리고 그 부인에 대해 신부에게 물어보려다가, 문득 이게 또 신부가 뭔가를 착각해서 나를 신도라고 말하고 있는 게 아닌가 하는 생각이 들기 시작했다……

그렇게 묘하게 엇나가던 우리의 대화는 이후 점점 더 자주 끊기게 되었다. 그리고 우리는 어느새 몹시 달아오른 난로 옆에서 유리창 너머 작은 조각구름들이 빠르게 날아다니고, 바람은 거세 보이지만 겨울 하늘답게 밝은 하늘을 묵묵히 바라보고 있었다.

"이런 아름다운 하늘은 이런 바람 부는 추운 날이어야 볼 수 있지요."

신부가 사뭇 아무렇지도 않은 듯 입을 열었다.

"정말 이렇게 바람 부는 추운 날이 아니면……."

나는 그의 말을 되뇌면서 신부가 방금 별 생각 없이 한 그 말만이 묘하게 내 가슴을 두드리는 것을 느끼고 있었다…….

한 시간 정도 그렇게 신부가 있는 곳에 있다가 오두막에 돌아와 보니 작은 소포가 도착해 있었다. 꽤 오래전에 주문한 릴케의 『진혼곡』이 다른 두세 권의 책과 함께 여러 쪽지가 달린 채 여기저기로 회송되다가 비로소 지금 내가 있는 곳까지 온 모양이었다.

밤이 되어 잘 준비를 마친 후, 나는 난로 옆에서 가끔 바람 소리를 신경 써가며 릴케의 『진혼곡』을 읽기 시작했다.

12월 17일

또 눈이 내렸다. 아침부터 쉴 새 없이 계속 내리고 있다. 그렇게 내 눈앞의 골짜기가 다시 새하얘졌다. 이렇게 겨울도 점점 깊어 간다. 오늘도 나는 온종일 난로 옆에서 지내다가 가끔 생각이라도 난 듯 창가로 가서 멍하니 눈 내리는 골짜기를 바라보고는 또다시 난로로 돌아와 릴케의 「진혼곡」을 읽었다. 아직도 죽은 너를 조용히 잠들게 두지 못하고 자꾸만 너를 찾는 내 나약한 마음에 무언가 후회와 닮은 감정이 사무치게 쏟아졌다······.

> 나는 죽은 자들을 데리고 있다. 그리고 그들이 떠나도록 내버려 두었지만
> 그들은 소문과 달리 매우 의연하고
> 죽음에도 익숙해져서 몹시 쾌활해 보여 놀랄 정도다.
> 단지 너, 너만은 돌아왔다.
> 너는 나를 스쳐 지나가고 주변을 헤매다가 무언가에 부딪힌다.
> 그리고 그것이 너를 위해 소리를 내고 너를 배신한다.
> 오오, 내가 애써 배워 얻은 걸 나한테서 가져가려 하지 말아라.
> 내가 바르고 네가 틀린 거다.
> 만약 네가 누군가의 물건에 향수를 느낀다면 그 물건이 눈앞에 있더라도
> 그것은 여기에 있는 게 아니다. 우리는 그것을 인지함과 동시에
> 그 물건을 우리 존재로부터 투영하고 있을 뿐이다.

12월 18일

드디어 눈이 그쳤다. 나는 이때다 싶어 아직 한 번도 간 적 없는 안쪽 숲 깊숙한 곳까지 들어가 보았다. 때때로 어느 나무에서인지 와르르 소리를 내며 저절로 무너져내리는 눈을 뒤집어쓰면서도 나는 사

뭇 재미있다는 듯이 이 숲 저 숲을 돌아다녔다. 물론 아직 다른 사람의 발자국 없이, 그저 여기저기 토끼가 그 일대를 뛰어다닌 흔적만 있을 뿐이었다. 때로는 꿩의 발자국 같은 것이 길을 가로질러 있었다…….

하지만 아무리 걸어도 그 숲은 끝나지 않았다. 게다가 눈구름 같은 것이 숲 위에 퍼지기 시작했기 때문에 나는 그 이상 깊이 들어가는 것을 단념하고 도중에 발길을 돌렸다. 그런데 아무래도 길을 잘못 들은 모양으로, 언제부터인가 내 발자국을 잃어버렸다. 나는 갑자기 불안해져서 눈을 헤쳐 가며, 계속해서 내 오두막이 있을 법한 쪽을 향해 숲을 뚫고 나아갔다. 그러던 중 어느새 나는 내 등 뒤에서 결코 내 것이 아닌 또 하나의 발소리가 들리는 것 같다는 생각이 들기 시작했다. 하지만 그것은 거의 들릴락 말락 한 발소리였다…….

나는 한 번도 뒤돌아보려 하지 않고 성큼성큼 숲을 내려왔다. 그리고 가슴이 터질 듯한 심정으로, 어제 다 읽은 릴케의 「진혼곡」 마지막 몇 줄을 입에서 나오는 대로 읊고 있었다.

> 돌아오지 말라. 그리고 만약 네가 견딜 수 있다면
> 죽은 자들 사이에 그냥 있으라. 죽은 자에게도 할 일이 있다.
> 하지만 내게 힘은 보태라. 네 기운이 흐트러지지 않을 만큼
> 이따금 멀리 있는 자가 나를 도와주듯이, 내 안에서.

12월 24일

밤에 마을 아가씨 집에 초대받아 쓸쓸한 크리스마스를 보냈다. 이런 겨울이야 인적 끊긴 산골 마을일 뿐이지만 여름이 되면 외국인들이 많이 들어오는 동네라 그런지 보통 집에서도 크리스마스 흉내를 내며 즐기는 모양이었다.

9시경, 나는 그 마을을 나와 하얀 눈이 비추는 골짜기 길을 혼자 돌아왔다. 그렇게 마지막 고목 숲에 들어서니 길옆에 눈을 뒤집어쓰고 한데 엉킨 마른 덤불 위로 어디에서 비추는 건지 희미한 작은 불빛이 똑 떨어져 있는 걸 발견했다. 이런 곳에 어째서 이런 빛이 비치고 있는 거지 의아해하며 여기저기 별장이 자리 잡은 좁은 골짜기를 둘러보았다. 그러자 불이 밝혀진 곳은 단 한 채, 분명 저 골짜기 위에 있는 내 오두막이었다.

'……내가 저런 골짜기 위에서 혼자 살고 있었구나.'하고 생각하며 나는 골짜기를 천천히 오르기 시작했다.

'지금까지 오두막 불빛이 이렇게 숲 아래까지 비추고 있었다니 전혀 몰랐네. 이것 봐…….'

나는 혼잣말로 중얼거렸다.

'그래, 여기저기 골짜기를 온통 뒤덮을 정도로 눈 위에 점점이 뿌려져 있는 빛들이 모두 내 오두막 불빛이었어…….'

마침내 오두막에 딩도하자, 나는 그대로 베란디에 서서 도대체 이 오두막 불빛이 골짜기의 얼마만큼을 밝히고 있는지 한 번 더 보고자 했다. 그런데 이렇게 보니 불빛은 오두막 주변에 아주 희미하게 비추고 있을 뿐이었다. 그리고 그 얼마 안 되는 빛도 오두막에서 멀어지면서 점점 더 희미해지더니 골짜기를 비추는 하얀 눈빛과 하나가 되어버렸다.

'뭐야? 그렇게 가득해 보였던 빛이 여기서 보니 겨우 이 정도야?'

나는 김이 샌 듯이 혼자 중얼거리면서도 멍하니 그 빛 그림자를 응시하는 사이에 문득 이런 생각이 떠올랐다.

'그런데 이 빛 그림자 모양새가 꼭 내 삶 같구나. 나는 내 삶의 빛이야 기껏 해 봤자 요만큼일 것 같았는데, 사실은 이 오두막의 등불처럼 내가 생각한 것보다도 훨씬 큰 거였어. 그리고 그 빛들은 나 같은 거 의식도 안 하고 이렇게 아무렇지도 않게 나를 살려 주고 있는 건지도 몰라.'

이런 뜻밖의 생각이 나를 언제까지나 그 하얀 눈빛이 스며드는 추운 베란다 위에 서 있게 했다.

12월 30일

정말 고요한 밤이다. 나는 오늘 밤도 이런 생각이 저절로 떠오른다.

'나는 남들보다 딱히 더 행복하지도 불행하지도 않은 것 같아. 그런 행복이니 뭐니 하는 것들이 예전엔 우리를 안절부절못하게 했지만, 이제는 잊어버리려고 하면 완전히 잊어버릴 수 있을 정도지. 오히려 요즘의 내가 훨씬 더 행복에 가까운 건지도 몰라. 뭐, 어느 쪽이냐

하면 요즘의 내 마음은 그것과 비슷하면서 그것보다 조금 슬픈 정도. 그렇다고 해서 마냥 즐겁지 않은 것도 아니야. ……이런 식으로 내가 아무렇지 않게 살 수 있는 것은 가능한 한 세상 따위와 섞이지 않고 홀로 지내기 때문인지는 몰라도, 그런 게 이 무기력한 내게 가능했던 것은 정말이지 모두 다 너 덕분이야. 그런데도 세쓰코, 나는 지금까지 단 한 번도 내가 이렇게 고독하게 사는 게 너 때문이라고 생각한 적이 없어. 그건 어차피 나를 위해 내 마음 가는 대로 행동한 것일 뿐이야. 그게 아니라면 어쩌면 역시 너 때문에 이러는 거겠지만. 그것이 고스란히 나 자신을 위한 것이라고 여길 만큼 내가 과분한 네 사랑에 완전히 익숙해져 버린 걸까? 그 정도로 너는 내게 아무것도 바라지 않고 나를 사랑해 주었나……?'

　그런 생각을 계속하는 사이, 나는 문득 무언가 생각난 듯 자리에서 일어나 집 밖으로 나왔다. 그렇게 평상시처럼 베란다에 서자 마침 이 골짜기와 등을 맞대고 있는 곳으로부터 바람이 술렁이는 소리가 들려왔다. 무척이나 멀리서 들리는 것 같았다. 그리고 나는 마치 그렇게 멀리서 들리는 바람 소리를 일부러 듣기 위해 베란다에 나온 것처럼 귀를 기울인 채 서 있었다. 처음에는 내 앞에 가로질러 있는 이 골짜기의 모든 것이 그저 하얀 눈빛에 희미하게 밝아오는 하나의 덩어리로만 보였다. 그런데 한동안 곁에서 점점 눈에 익은 것인지 아니면 나도 모르게 내 기억으로 그 빈틈을 메워 버린 것인지, 어느샌가 그 덩어리는 선과 형태를 서서히 드러내기 시작했다. 그만큼 내게는 모든 것이 친숙해져 버렸다. 이 사람들이 행복의 골짜기라 부르는 이곳,

그래, 이렇게 이곳에 익숙해지면 나도 그 사람들처럼 이 골짜기를 그렇게 불러도 될 것 같다. 골짜기 저편이 저렇게나 바람에 술렁거리는데 이곳만큼은 정말 고요하구나. 뭐 때때로 오두막 바로 뒤편에서 무언가 삐걱거리는 소리가 나는 것 같지만, 그건 아마 저 멀리서 불어온 바람으로 앙상한 가지들이 부딪히며 나는 것이겠지. 또 어떤 경우에는 그런 바람의 끝자락이 내 발 밑에 두세 개의 낙엽을 다른 낙엽 위에 사락사락 희미한 소리와 함께 옮겨 놓고 있다……

(1936년 12월)

옮긴이의 말

　호리 다쓰오(堀辰雄)는 많은 일본인들이 사랑하는 근대문학의 대
표적인 작가 중 한 사람이다. 그러나 최근까지도 한국에는 그다지 많
이 알려져 있지 않았다. 다만 2013년 그의 대표작과 같은 제목의 영화
『바람이 분다』(風立ちぬ)가 미야자키 하야오(宮崎駿) 감독에 의해 스
튜디오지브리(スタジオジブリ)의 극장판 애니메이션 작품으로 공개
되어 그 소설 원작자로서 관심을 갖는 사람이 생겼을 것이다. 특히 그
영향으로 영화의 주인공 호리코시 지로(堀越二郎)와 그를 동일시하거
나 겹쳐서 보려고 하는 경향도 없지 않은 것 같다. 그러나 영화 속 작
중 인물인 호리코시 지로와 실제 인물인 소설의 원작자 호리 다쓰오
는 분명히 다르다. 뿐만 아니라 영화화 된 작품과 소설 원작 역시 몇
몇 요소와 에피소드를 제외하고는 상당히 다른 작품이다.

　작가 호리 다쓰오는 1904년 12월 28일 도쿄에서 출생했다. 히로시
마번(広島藩)의 사족(士族) 출신으로 도쿄지방재판소의 감독서기로 근

무하던 아버지 호리 하마노스케(堀浜之助)와 도쿄의 서민 출신 어머니 니시무라 시게(西村志気) 사이에 태어난 그는 갑진년(甲辰年) 용띠 해에 태어나 다쓰오(辰雄)라는 이름을 갖게 되었다. 아버지 하마노스케는 히로시마에 본처 고(こう)가 있었으나 자녀가 없어서 다쓰오를 적자로 삼았다. 어머니 시게는 1906년 본처 고가 도쿄로 오게 되자 다쓰오를 데리고 집을 나가 여동생 부부 집에 살다가 1908년 금속세공사 가미조 마쓰키치(上條松吉)와 결혼하여 다쓰오와 셋이서 살았다.

시게와 마쓰키치 부부는 아이의 일로 다투는 일이 없었으며 양부 마쓰키치는 다쓰오를 친자식처럼 사랑했다고 한다. 다쓰오 역시 다 자랄 때까지 마쓰키치를 친아버지로 믿어 의심치 않았을 정도이다. 1910년 친부 하마노스케가 죽고 1914년에 본처 고가 죽자, 다쓰오는 성년이 될 때까지 하마노스케의 연금을 지급받게 되었고 생모 시게는 이를 다쓰오의 학비로 알뜰하게 챙겼다.

1917년 3월 우시지마소학교(牛島小学校)를 졸업하고 도쿄부립 제3중학교(東京府立第三中学校)에 진학, 4년을 수료하고 1921년 4월 제1고등학교(第一高等学校, 현 도쿄대학 교양학부)에 입학하여 처음으로 부모를 떠나 기숙사 생활을 한다. 이 때 진사이 기요시(神西清, 1903~1957, 러시아문학자, 소설가, 평론가)를 만나 일생의 벗이 된다. 중학교 시절에는 수학을 좋아하여 수학자를 꿈꾸지만 진사이에 의해 문학에 눈뜬다. 진사이의 추천으로 하기와라 사쿠타로(萩原朔太郎, 1886~1942)의 시집을 읽고 시 장르에 매료되기도 했다. 일본의 대표적인 문예비평가 고바야시 히데오(小林秀雄, 1902~1983) 등 많은 문인들이 고교의 동기생이었다. 또 평생을 통해 많은 영향을 받은 시인이며 소설가인 무로 사이세이(室生犀星, 1889~1962)를 알게 된 것도 고교 때의 일이었다.

그런데 고교 재학 중이던 1923년 9월 1일 관동대지진으로 스미다가와(隅田川)로 피난했다가 본인은 구사일생으로 살았으나 어머니가 익사하게 되었다. 어머니의 나이는 50세였다. 시신을 찾기 위해 며칠 동안 스미다가와의 물 속을 헤엄치기도 했던 그는 심신의 피로와 정신적 충격으로 늑막염과 폐결핵을 앓게 되고 이후 줄곧 병마와 싸우면서 작품 활동을 하게 된다. 또 같은 해 10월 무로오 사이세이의 소개로 아쿠타가와 류노스케(芥川龍之介, 1892~1927)를 만나게 되고 이후 그로부터 사사를 받는다. 아쿠다가와는 호리 다쓰오에게 있어서 무로오를 대신한 후견인일 뿐만 아니라 정신적 아버지와 같은 존재였다. 1923년의 두 가지 사건, 즉 대지진으로 인한 모친의 죽음과 아쿠타가와 류노스케와의 운명적 만남은 그의 문학 세계를 형성하는 데에 큰 영향을 준다.

1924년 1월에는 불타버린 집을 다시 짓고 양부와 함께 살게 되었다. 7월 대지진 이후 고향 가나자와(金沢)에 가 있던 무로오 사이세이를 만나고 돌아오는 길에 가루이자와(軽井沢)에 있는 아쿠타가와 류노스케의 별장에 들렀을 때 그의 연인이었던 수필가 가타야마 히로코(片山広子)와 그 딸 사토코(総子)를 알게 된다. 그는 사토코에게 알게 모르게 사랑을 품게 된다. 이들과의 교류는 이후 「루벤스의 위작」(ルウベンスの偽画)과 「성가족」(聖家族)의 모티브가 된다.

1925년에는 도쿄제국대학(東京帝国大学) 문학부 국문학과에 입학했다. 다쓰오는 여러 지인들과 동인지 활동을 하면서 인적 네트워크를 넓혀갔고 스탕달(Stendhal, 1783~1842)과 앙드레 지드(André Paul Guillaume Gide, 1869~1951) 등 서양 작가들의 작품을 폭넓게 읽어갔다. 1926년 나카노 시게하루(中野重治, 1902~1979)와 구보카와 쓰루지로(窪川鶴次郎, 1903~1974) 등 5~6인과 함께 『당나귀』(驢馬)를 창간했다. 시에 중점을 둔 이 동인지는 '시의 존중과 인간의 존중을 일치시킨다'는 입장을 취했는데, 다쓰오를 제외한 나머지 멤버는 이후 모두 프롤레타리아문학 운동에 투신하여 전일본무산자예술동맹(나프)에 참가하게 된다.

1927년 2월에는 요절한 프랑스의 천재 작가 레몽 라디게(Raymond Radiguet, 1903~1923)의 영향을 받아 가타야마 사토코를 모델로 한 처녀작 「루벤스의 위작」 초고를 동인지 『누에나방』(山繭)에 발표했다. 7월 아쿠타가와의 자살로 커다란 충격을 받아 절망적인 정신 상태에 빠졌으나 9월부터 『아쿠타가와 류노스케 전집』(芥川龍之介全集)의 편집 작업에 몰두했다. 1928년 1월 늑막염이 재발하여 일시 휴학을 하고 요양을 하면서 작품 활동을 계속했다. 8월부터 10월 사이에는 가루이자와에 머무른다.

1929년 1월 「루벤스의 위작」 수정고를 『창작월간』(創作月刊)에 발표, 2월에는 장 콕토(Jean Maurice Eugène Clément Cocteau, 1889~1963)가 쓴 『천양지차』(Le Grand Écart)의 영향을 받아 「서투른 천사」(不器用な天使)를 『문예춘추』(文藝春秋)에 발표했다. 같은 해에

졸업논문으로는 「아쿠타가와 류노스케론」(芥川龍之介論)을 제출했다. 졸업 후에는 콕토의 작품을 번역하기도 하고 10월 가와바타 야스나리(川端康成, 1899~1972), 요코미쓰 리이치(横光利一, 1898~1947) 등과 함께 동인지 『문학』(文學)을 창간하기도 했다.

요양과 집필을 병행하면서 1930년 5월 「루벤스의 위작」 완성고를 『작품』(作品) 창간호에 실었고, 7월에는 첫 작품집 『서투른 천사』를 간행한다. 11월 아쿠타가와 류노스케의 죽음을 소재로 신변 체험을 그린 「성가족」을 발표하여 문단에서 높은 평가를 받았다. 이 「성가족」의 원고 탈고 후 각혈을 하고 쓰러져 다시금 기나긴 요양 생활에 들어갔는데, 이때부터 마르셀 프루스트(Valentin Louis Georges Eugène Marcel Proust, 1871~1922)의 『잃어버린 시간을 찾아서』(À la recherche du temps perdu, 1913~1927)를 읽기 시작한다. 프루스트나 제임스 조이스(James Augustine Aloysius Joyce, 1882~1941)와 같은 서양의 첨단적 문학 경향과의 접촉 역시 그의 문학에 지대한 영향을 주었다.

그의 병세는 좀처럼 호전되지 않아 1931년 4월부터 석달간 나가노현(長野県)에 있는 후지미(富士見) 고원 요양소에서 전지 요양을 하고 8월에서 10월까지 가루이자와에 체재했다. 이 무렵 「회복기」(恢復期)를 써서 12월 『개조』(改造)에 발표한다. 귀경 후 절대 안정에 들어간다. 1932년 1월에 「불타는 뺨」(燃ゆる頬)을 『문예춘추』에 발표한 후, 여름을 가루이자와에서 보내고 9월 「밀집모자」(麦藁帽子)를 『일본국민』(日本国民)에 발표했다.

1933년 가타야마 사토코와의 이별 이후 피폐해진 몸과 마음을 달래기 위해 가루이자와의 쓰루야료칸(つるや旅館)에서 여름을 보내며 집필에 몰두하는데, 이곳에서 유화를 그리는 소녀 야노 아야코(矢野綾子)를 알게 된다. 중편소설『아름다운 마을』(美しい村)의 「여름」장을 『문예춘추』에 발표한 것도 이 무렵이다. 이듬해인 1934년 아야코와 약혼을 하는데, 그녀 역시 폐결핵을 앓게 된다. 1935년 두 사람이 같이 야쓰가타케(八ヶ岳)의 요양원에 입원을 하지만 그 해 12월 아야코가 세상을 떠난다. 이때의 체험을 형상화하여 1936년부터 1937년에 걸쳐 집필한 것이 그의 대표작 중편소설 「바람이 분다」(風立ちぬ)이다. 1936년부터 1938년에 걸쳐 당시의 문예잡지『개조』『문예춘추』(文藝春秋)『신여원』(新女苑)『신조』(新潮) 등에 장별로 실렸다가 1938년 노다쇼보(野田書房)에서 단행본『바람이 분다』(風立ちぬ)로 간행되었다.

　　1937년 릴케(Rainer Maria Rilke, 1875~1926)의 예술관에 깊은 감명을 받는 한편 무로오 사이세이로부터 소개 받은 민속학자이자 국문학자 오리구치 시노부(折口信夫, 1887~1953)의 영향으로 소년 시절에 애독하던 헤이안 시대의 문학 등 일본 고전의 아름다움에 눈을 뜨고 교토를 여행하기도 한다. 이후에 그는 전통에 대한 각별한 관심을 바탕으로 「가게로닛키」(かげろふの日記) 등을 발표했다. 1938년 무로오 부부의 중매로 가토 다에(加藤多恵, 1913~2010)와 결혼하여 가루이자와에서 신혼생활을 하게 된다. 그러던 중 도쿄에 살던 양부 마쓰키치가 쓰러져 부부가 함께 극진히 간호를 하지만 그 해 말에 세상을 떠났다.

1941년 그는 처음으로 장편소설 『나오코』(菜穂子, 1941)를 『중앙공론』(中央公論)에 발표한다. 1940년대에도 줄곧 입원과 퇴원을 반복하며 투병생활을 하던 다쓰오는 1947년 이후 병세가 깊어져 악화일로를 걷다가 1953년 향년 48세의 나이로 별세했다. 그의 사후에도 전집 등 작품집이 꾸준히 발행되어 왔다. 이 책에 소개한 다섯 편의 소설을 중심으로 그의 문학 세계를 살펴보자면 다음과 같다.

「루벤스의 위작」에서는 청년의 연애 심리를 청년 자신의 눈으로 관찰·응시하여 3인칭으로 서술하고 있다. 주인공 청년 '그'는 같은 사람이어야 할 눈앞에 있는 소녀와 머릿속에서 몰래 '루벤스의 위작'이라고 부르는 마음속의 소녀가 항상 같지 않을 수도 있다는 사실을 자각해 가는데 그 과정의 추이가 지극히 사소한 내면의 변화를 따라가면서 전개된다. 프랑스 심리주의 기법의 영향을 일본어 문체로 구현한 독특한 작품이라 할 수 있다.

그 후속 작품으로 이야기되는 「성가족」은 고노 헨리(河野扁理)라는 주인공 청년이 존경하는 스승 구키(九鬼)의 죽음을 계기로 스승의 연인이었던 사이키(細木) 부인과 그 따님인 기누코(絹子)를 만나면서 내용이 전개된다. 이 역시 심리주의 기법이 발휘된 작품으로 대부분의 사건은 주인공의 마음속 사건들이며 작중 화자는 이를 분석하듯이 파고들면서 서술해간다. 헨리는 생각 속에서 스승과 부인의 관계에 자신과 따님의 관계를 대입한다. 그러다가 결국 기누코와의 마음의 어긋남을 통해 자신의 존재 방식을 확립해간다는 이야기이다. 스승을 둘러싼 세 사람의 미묘한 심리를 대단히 섬세하게 천착하고 있는 점이 특징이다.

「불타는 뺨」은 고등학교 기숙사에서 시작된다. 병약하고 하얀 피부를 가진 동급생 사이구사(三枝)를 알게 된 주인공 '나'는 그와 친구 이상의 깊은 관계로 발전하여 여름 방학에 함께 여행을 간다. 여행지의 해변에서 목소리가 특이한 고기잡이 소녀를 만나 왠지 마음이 끌리게 되는데, 그 소녀에게 자연스럽게 말을 붙이는 사이구사를 연인이 아닌 연적(戀敵)으로 느끼게 된다. 그 해 겨울에 사이구사가 죽었다는 소식을 듣고 덤덤했지만 수년 후 요양소에서 그와 닮은 어린 청년을 보고 당시를 후회하게 된다. 동성애적 감정과 마음의 세밀한 변화를 절묘하게 그려내고 있다.

「밀짚모자」는 주인공 '나'가 청자인 '너'를 생각 속에서 아주 오래 전부터 마음에 두었으나 오히려 그 반대로 말과 행동을 해온 지금까지의 일들을 고백하는 형식을 취하고 있는 이야기이다. 그러나 소녀인 '너'는 이 이야기를 들을 수 없는 상황으로 설정되어 있다. 또 '나'는 평소에 한 번도 다정하게 굴지 못한 어머니에 대한 감정도 대지진으로 어머니를 잃고 난 뒤에야 스스로 확인한다. 마음과 행동의 복잡한 이율배반적 모습이 초래하는 안타까운 양상을 효과적으로 그려내고 있다.

마지막으로 「바람이 분다」는 아름다운 자연에 둘러싸인 고원의 요양소에서 불치의 병을 앓고 있는 약혼녀 세쓰코(節子)를 바라보는 주인공 '나'가 기어이 오고야 말 죽음을 각오하고 두 사람에게 주어진 얼마 남지 않은 삶의 시간을 같이 지내는 과정을 그리고 있다. 이 작품은 '서곡' '봄' '바람이 분다' '겨울' '죽음의 그림자 계곡' 이렇게 총 5개의 장으로 구성되어 있다. 그런데 첫 장인 '서곡'이 시작되기 직전, 작품의 제목 바로 다음의 모두 부분에 다음과 같은 시구가 제시되어 있다.

> Le vent se lève, il faut tenter de vivre.
>
> PAUL VALÉRY

이것은 명기된 바와 같이 프랑스의 시인 폴 발레리(Ambroise Paul Toussaint Jules Valéry, 1871~1945)의 시의 일부이다. 구체적으로는 「해변의 묘지」(Le Cimetière marin, 1920)라는 시의 한 구절이다. 그 뜻은 '서곡'의 비교적 앞부분에 다음과 같이 시적인 일본어 문어체로 해석(또는 번역)되어 있다.

> 바람이 분다. 자, 살아야겠다. (風立ちぬ、いざ生きめやも。)

따라서 작품의 제목인 '바람이 분다'(風立ちぬ)는 바로 폴 발레리의 시구 '바람이 분다. 자, 살아야겠다.'의 일부임을 알 수가 있다. 제목과 이 시구를 통해 작가가 전하고자 하는 메시지가 무엇인지 정확하게 알 수는 없다. 더욱이 'il faut tenter de vivre'의 원래 의미는 'we must try to live'로 영역될 수 있는 것으로, '살기 위해 노력해야 한다' 혹은 '살려고 해야 한다'는 뜻이 된다. 이에 반해 '~めやも'는 일단 부정의 뜻으로 보통은 '살 수가 없다'처럼 되어버린다. 그래서 호리 다쓰오의 이러한 일본어 번역은 오역이라는 지적도 있다. 그러나 이를 반어적 표현으로 받아들인다면 오히려 강한 의지의 뜻이 될 수가 있다. 그래서 한국어 번역은 '바람이 분다, 자 살아야겠다'로 했다.

그리고 다섯 개의 장 중 '서곡'은 '나'가 세쓰코인 '너'에게 말을 건네는 형식으로 되어 있다. 나머지는 '나'의 1인칭 화자가 요양원의 풍경과 세쓰코의 병세를 '나' 자신의 내면을 통해 그려가고 있다. 마지막 장 '죽음의 그림자 계곡'에서 사랑하는 사람을 보내고 난 1년 뒤에 이곳을 다시 찾은 주인공은 그 죽음의 그림자 계곡이 익숙해지면 행복의 골짜기가 될 수도 있다는 생각을 받아들인다. 그러한 의미에서 슬픈 체험을 바탕으로 순수한 사랑과 생명의 아름다움을 그려낸 걸작으로 평가 받고 있다.

이와 같이 호리 다쓰오는 '사랑' 또는 '삶과 죽음'을 주제로 한 섬세한 필치의 작품 세계를 구축했다. 1920년대부터 1940년대까지 활동하는 동안 그는 일본의 문단 내 여러 선배, 동료, 후배들과 교류하면서 그들의 영향을 받았다. 그런데 그는 서양의 문학과 사상을 두루 섭렵하면서 특히 프랑스의 심리주의 및 프루스트의 '의식의 흐름' 기법 등으로부터 더 많은 영향을 받아 자신의 소설에 직접 적용한다. 이러한 맥락에서 그는 근대 일본 신심리주의의 대표적인 존재로 자리매김 되어 왔다.

그의 작품에는 인간에 대한 신뢰와 배려, 사랑하는 사람에 대한 그리움과 애틋함 같은 섬세한 감정이 그 나름의 절제미를 잃지 않고 표현되어 있다. 또 그의 작품에서 느낄 수 있는 이러한 따뜻하고 포근한 느낌은 어쩌면 기구한 환경 속에서도 사랑을 듬뿍 받으면서 자라난 성장 배경과 관계가 있지 않나 하는 생각도 든다.

한편으로 그는 유약해 보이는 외모와 보드라운 감성과는 어울리지 않게 전쟁의 광풍이 몰아치던 대단히 험한 시대를 살았던 작가이기도 하다. 그가 문학 활동을 시작하던 1920년대 후반은 프롤레타리아 문학의 대두로 문단의 큰 흐름이 정치성에 의해 좌우되던 시기였다. 그러다가 그가 본격적으로 작품을 발표하던 시기는 그야말로 만주사변, 중일전쟁, 태평양전쟁으로 이어지는 일본에 있어서 '15년 전쟁'의 시기와 정확히 일치한다. 이러한 시대적 조류 속에서 한 인간이 중심을 잃지 않고 자신의 길을 가기는 매우 어려운 것이다. 그러나 호리 다쓰오는 시의성에 휩쓸리지 않고 자신의 길을 갔다고 할 수 있다. 그가 일본문학사에서 평가받는 지점은 바로 그러한 의외의 강인함도 한 몫을 하는 것이 아닐까 싶다.

끝으로 이 책이 나오기까지 번역출판을 지원해주신 가천대학교에 감사드리며 전체 과정에서 애써주신 도서출판 역락의 관계자 분들과 도와주신 모든 분들께 감사의 말씀을 드린다.

2021년 12월

가천대 연구실에서 박진수

지은이

호리 다쓰오(堀辰雄, 1904~1953)

　　도쿄 출생. 중학교 시절에 수학자를 꿈꾸지만 친구에 의해 문학에 눈 뜸. 제1고등학교(第一高等学校, 현 도쿄대학 교양학부) 재학 시 관동대지진으로 어머니를 잃음. 무로 사이세이, 아쿠타가와 류노스케 등 문인들의 사사를 받으며 문학 수업. 도쿄제국대학(東京帝国大学) 국문과 입학 후 나카노 시게하루 등과 문학 동인지 『당나귀』 창간. 「루벤스의 위작」으로 데뷔, 「성가족」으로 이름이 알려짐. 근대 일본 신심리주의의 대표적인 소설가. 당시 수많은 일본 작가의 작품 및 서양의 문학과 사상을 섭렵하면서 프루스트의 '의식의 흐름' 기법을 자신의 소설에 적용한 그는 '사랑'과 '죽음'을 주제로 한 섬세한 필치의 작품 세계를 구축했다. 평생을 폐결핵으로 인해 요양과 집필을 반복하다가 48세의 이른 나이로 생을 마감했다.

옮긴이

박진수(朴眞秀)

　　1965년 서울 출생. 고려대학교 일어일문학과 졸업. 동대학원 석사. 일본 도쿄대학(東京大学) 총합문화연구과 석사·박사. 가천대학교 동양어문학과 교수. 인문대학 학장 겸 아시아문화연구소 소장. 저서로는 『소설의 텍스트와 시점』, 『일본 대중문화의 이해』(공저), 『근대 일본의 조선 '붐'』(공저), 『반전으로 본 동아시아』(공저) 등이 있으며, 번역서로는 『일본 근대 아동문학 걸작선』, 『사양 외』, 『고바야시 다키지 선집 1』(공역) 등이 있다.